KB264882

다산

다산의 탄생지인 남양주와 다산의 유배지인 강진에 이 시집을 바친다.

다산

김해인 시조집

문학들

금년은 다산 정약용茶山 丁若鏞 탄생 250 주년이 되는 해이다. 사람들은 뭔가 매듭을 짓는 숫자에 대하여 의미를 부여하는데 나도 예외는 아닌 것 같다. 2008년 봄, 다산이 무진년戊辰年인 1808년 강진 읍내에서 다산초당으로 간 지 200년이 되는 해를 기리기 위하여『내 마음의 적소, 동암』이라는 시조집을 낸 적이 있다. 이제는 그분의 탄생 250 주년을 기념하여『다산茶山』이란 시조집을 낸다.

지난 해 여름 일주일 동안 토론토와 몬트리올을 다녀왔다. 여행하는 동안 낯선 이국에서 뜬금없이 다산 정약용의『목민심서牧民心書』가 떠올랐다. 조선의 만성병을 치유하는 처방전이 바로『목민심서』라는 생각이 나의 머리를 스친 것이다. 일주일의 짧은 시간을 그 일에 매달릴 수 없어 그 한 구절을 메모해두었다. 그리고 돌아와 곧바로 '목민심서'라는 작품을 뺄어냈다. 책 제목을 시로 쓰는 것이 가능할까 하는 두려움이 앞섰지만 첫 걸음을 내딛고 나니 '흠흠신서欽欽新書'와 '경세유표經世遺表'에 다가가는 길은 어렵지 않았다.

그 뒤에 다산과 관련된 시들이 내게 다가오기도 하고 그들을 내가 찾아 나서기도 했다.

다산의 손위 형 아우구스티노 정약종丁若鍾, 손암 정약전巽庵 丁若銓, 두 아들 유산 정학연酉山 丁學淵, 운포 정학유耘逋 丁學游를 만나고 손자 방산 윤정기舫山 尹廷琦를 만났다. 다산의 일가친척을 찾아다니다가 신유박해辛酉迫害로 세상을 떠난 다산의 매형 만천 이승훈蔓川 李承薰, 다산의 조카사위 황사영黃嗣永 그리고 이승훈의 외숙 정헌 이가환貞軒 李家煥도 만났다. 천주교가 조선에 들어와 뿌리를 내리기까지 다산의 일가친척들이 이렇게 많이 순교의 탑의 기단이 됐다는 것에 놀라움을 금할 수 없었다.

다산과 교유하였던 백련사의 혜장惠藏, 혜장의 제자 초의艸衣, 초의의 친구 추사秋史, 추사와 동갑내기 치원巵園, 추사의 제자 소치小癡와 우선 이상적藕船 李尙迪에 이르기까지 만날 수 있는 이들은 다 만나 보았다. 앞뒤를 가름하기 어려운 세상에서도 서로 우의를 다지며 주고받는 서신은 한 폭의 아름다운 풍경이었다. 더불어 죽음을 불사하고 제주바다 건너 스승을 뵈러 가는 이들의 모습은 나로 하여금 많은 것을 뉘우치게 하였다.

　　내가 이리 다산에 집착한 것은 내가 태어난 강진이 바로 다산의 유배지이기 때문이다. 일찍 아버지를 여의고 편모슬하에서 자란 내가 줄곧 찾아가 어리광을 부린 곳이 마을 뒷산에 똬리 튼 보은산방寶恩山房이고 이따금 찾아간 곳이 백련사와 다산초당茶山草堂이다. 또한 어머니를 따라간 빨래터가 있는 동문안 큰샘 바로 옆이 동문매반가東門賣飯家이고 물 건너 연화동蓮花洞 외갓집 가는 길에 이학래가가 있으니 다산의 발길이 닿은 곳은 거의 다 나와 인연이 있는 곳이다.(이학래가는 강진읍내에서 완도 가는 길목 팔바우 어귀 학림鶴林이라는 설이 있다.) 거기다가 어머니가 태어난 용운리 항골에 황산 치원의 일속산방一粟山房이 있었으니 더 이상 무슨 말을 덧붙이랴.

　　일사이적一死二謫의 슬픔을 백성 위한 저술로 극복한 위대한 실학자의 삶과 그의 주변을 시로 만나는 작업은 힘들긴 했어도 내내 행복한 시간이었다. 내 인생을 처음부터 다시 시작한다면 과골삼천踝骨三穿이나 일사이적은 죽어도 못 받아들일 것이니 내 어찌 다산의 옷자락이라도 잡아볼 수 있겠는가. 다만 이제라도 세상의 찢어진 것을 꿰맬 수 있는 바늘 하나 얻기 위하여 신독愼獨으로 마음을 갈고 닦아야 할 것이다.
　　이 시집을 순산하기까지 황주홍 강진 전 군수님, 다산연구소 박석무 이사장님, 다산실학원 황병기 교수님, 청광 양 광식 선생님 그리고 신영호 형의 도움이 있었다. 그분들께 고개 숙여 감사드린다.

2012년 봄, 다산초당에서
김 해 인

차례

제2부

제1부

여유당

서시

- 다산茶山

눈 감으면 두물머리가 잊지 마라, 잊지 마라
눈 뜨면 구강포가 잊어라, 잊어라
좌우간, 두 강江의 말을
거역하지 않는 길은

두물머리의 말을 따라야 맞는 건가
구강포의 말을 따라야 맞는 건가
둘이 다, 맞는 말이니
입장이 난처하지

잊고 싶을 땐 두 눈을 뜨고
잊고 싶지 않을 땐 두 눈을 감고
잊을 건 잊어버리고
잊지 않을 건 잊지 않고

무엇을 잊고 무엇을 잊지 않나
잊지 않으려 해도 이따금 잊혀지고
더불어 잊으려 해도
잊혀지지 않는 것을

짐작을 넘어서서 확실히 알았으나
조언을 들을 때마다 고개만 끄떡이지
상처가 덧나지 않게
에둘러 말들 하니

눈 감으면 두물머리가 잊지 마라, 잊지 마라
눈 뜨면 구강포가 잊어라, 잊어라
죽어도 두 강江의 말을
거역하지 말아야지

* 다산茶山(1762~1836) : 이름은 정약용丁若鏞이다. 본관은 나주羅州이며 호
는 다산茶山, 열수洌水, 사암俟菴, 탁옹籜翁, 태수苔叟, 자하도인紫霞道人,
철마산인鐵馬山人이며 당호堂號는 여유與猶이다. 경기도 광주시 초부면草
阜面 마현馬峴에서 태어났다. 아버지는 진주목사晉州牧使 재원載遠이며, 어
머니는 해남윤씨海南尹氏로 윤두서尹斗緖의 손녀이다. 신유사옥으로 강진
에 유배되어 그곳에서 제자들을 가르치며 성호星湖 이익李瀷의 학문과 사
상을 계승하여 조선 후기 실학을 집대성하였다.
* 두물머리 : 북한강과 남한강이 만나는 곳으로 다산茶山 고향 앞을 흐르는
강이다.
* 구강포九江浦 : 다산의 유배지인 강진의 포구이다.

여유당전서與猶堂全書

— 다산茶山

겨울 내를 건너듯이 세상을 건너면서
이웃을 두려워하듯이 세상을 두려워하면서
일가를 이룰 줄이야,
한세상을 뒤흔드는

일사이적, 사연 많은 그대의 가슴에서
25권 시문집詩文集이, 48권 경집經集이
잠시도 생각의 고삐를
놓지 않고 있는 것을

24권 예집禮集이, 4권 악집樂集이
39권 정법집政法集이 정색하고 있는 것을
한 치의 흐트러짐 없이
다들 정장하고서

8권 지리집이, 6권 의학집이
길 잃은 자를 위하여, 병든 자를 위하여
임무를 다하겠다는 듯
길 떠날 준비하다니

겨울 내를 건너듯이 세상을 건너면서
이웃을 두려워하듯이 세상을 두려워하면서
일가를 이룰 줄이야,
한세상을 누리도록

기민시飢民詩

무고한 백성들이 도탄에 빠진 것은
삼정이 문란하여 그리 됐다 할 수 있지
백성이 힘을 못 쓰면
나라도 서지 못해

삼정이 문란한 건 감독 소홀 탓이건만
누구를 길들이려 하늘은 등 돌리나
가뭄에 거북등이 된 건
백성의 가슴인 걸

정책의 부재는 인재人災를 낳았으나
하늘이 등 돌린 건 무엇으로 되돌리나
목민이 제대로 하면
하늘도 감동할 걸

나라가 바로 서서 백성을 구휼하면
하늘이 언제까지 등 돌릴 수 있겠는가
임금도 문무백관도
백성 위해 있는 것을

임금이 문무백관이 백성과 함께하면
너그러운 목민관이 백성과 함께하면
가뭄도 축을 못 쓰지
백성의 맘 샀기에

* 기민시飢民詩 : '주린 백성의 시' 라는 뜻기다. 다산의 유배지인 장기에 가뭄
  이 들어 백성들이 굶주리는 모습을 보고 쓴 시이다.

기이아 寄二兒

애비는 적소에 고삐 매인 몸으로
하루도 쉬지 않고 길을 내고 있는데
너희는 고삐 없는 몸으로
무얼 하고 있는지

이 밤에도 두물머리가 먼 길을 찾아와
한눈팔지 말라고 당부하고 가는구나
강물이 잠이 든 것을
본 적이 없겠지

갈대들과 물새들이 서로를 위무하는
나름대로 사연 많은 구강포 앞바다도
하루에 꼭 한 차례씩
동암에 다녀가지

두 개의 강이 만나 두물머리 낳았으나
아홉 개의 강이 만나 구강포 낳았으니
나보다 더 많은 사연을
지닌지도 모르지

나의 위로 받아야 할 구강포 앞바다가
오히려 위로하러 동암까지 문안 오면
먼저 온 두물머리가
눈치껏 물러서더라

애비는 적소에 고삐 매인 돝이지만
두물머리의 조언도 구강포의 위로도
한 마디 불평도 없이
다 받아내고 있지

산전수전 다 겪은 두물머리가 뭐라 하면
담을 것은 담고 흘릴 것은 흘려라
아무튼 단 한 순간도
허튼 생각 말기를

* 기이아寄二兒 : '두 아들에게 부친다는' 는 뜻이다.

애절양哀絶陽

조선의 만성병이 무엇인지 알 수 있지
처방전인 목민심서, 흠흠신서, 경세유표
다산이 낳아야 할 이유가
애절양에 들어 있어

바람에 귀 기울이면 지금도 들려와야
절양絶陽에 몸부림치는 젊은 아낙 울음소리
그 소리 우레 같은데
들리지 않는다니

뜬금없는 애절양을 낳게 한 그 여인은
살아도, 살아도 산 것이 아니었지
아무리 힘이 든다고
남근을 자르다니

다른 건 다 잘라도 남근은 남겨야지
이런 일 오늘 날에 다시 한 번 벌어지면
성급한 트위터들이
가만히 있겠는가

절양한 한 사내의 사연이 알려주지
목민심서, 흠흠신서, 경세유표 태어난 이유를
바람에 귀 기울여 봐
울음소리 들리지

* 애절양哀絶陽 : 강진의 어느 농부가 자신의 성기를 자른 일이 있었다. 그 이
  유는 돌아가신 아버지와 태어난 지 얼마 되지 않은 아이들까지 군적에 올
  려 세금을 받아갔기 때문이다. 이 농부는 억지로 걷어가는 세금징수로 농
  사일에 필요한 소를 빼앗겨 버렸다. 그리하여 자식 낳은 것을 죄라 생각하
  며 자신의 남근을 자른 것이다. 그 남근을 들고 그의 아내가 관청 앞에서
  호소하였으나 문지기에게 쫓겨났다고 한다. 유배 온 다산이 이 슬픈 사연
  을 듣고 쓴 시가 바로 애절양이다.

조승문弔蠅文

잘못한 게 뭐가 있어 그리 싹싹 빌었느냐
용서할 일 하나 없고 이해할 일 많은 것을
파리야, 굶어 죽은 이가
너로 다시 태어났지

통발이 감정 있나, 독약이 감정 있나
네 사연을 모르니 잔혹하게 굴 수밖에
둘이 다 시키는 대로
막무가내 따를 뿐

통발에 기만당해, 독약에 기만당해
또 한 차례 목숨을 놓아버린 파리야
오히려 죄 없는 네가
용서해야 맞는 거지

잘못한 게 뭐가 있어 그리 싹싹 빌었느냐
용서할 일 하나 없고, 받을 일만 있는 것을
파리야, 다음 생에는
굶지 않는 사람으로

하피첩霞帔帖

바랠수록 좋은 것이 세상에 있다니
하피첩霞帔帖 네 이름에 오금이 저렸는데
압수를 당한 몸으로
얼굴을 내밀다니

마재의 하늘, 땅이 치마폭에 담겨와
귤동의 하늘, 땅과 정신없이 몸 섞었지
네 몸이 태어난 것은
당연한 일이라고

무언의 연서랄까 아내의 치마폭이
이탈을 막아내려 먼 길을 달려왔나
아무리 사대부라도
사람의 일이거니

두 아들과 딸에게 가계첩으로 매조도로
빛바랜 치마폭이 다시 몸 바뀐 건
가족이 아니었다면
버틸 이유, 없다는 거

바랠수록 좋았기에 이런 운명 맞이했나
너보다 진한 사연, 눈 씻고 봐도 없지
시간이 담금질하면
못 풀 게 하나 없어

* 하피첩霞帔帖 : 다산이 유배지인 강진에서 아내가 보내온 여섯 폭 치마를
  잘라 마름질하여 '하피첩'을 만들었다. 여기서 하피란 다산 부인 홍씨가 시
  집 올 때 입고 온 노을 치마를 말한다. 현재 하피첩은 부산 저축은행 사건
  으로 압수된 상태이다.

삼미자집三眉子集

내 이름이 특이한 건 내 운명 그대로지
반갑잖은 손님인 마마가 낳은 거여
운명을 받아들이기에
너무 어린 나이였지

남은 생이 덤인 내가 바라는 게 뭐였을까
글 읽고 쓰는 일에 정신이 팔렸었지
남는 것 글뿐이란 것
나도 몰래 터득했고

내 마음이 뱉어낸 것 버린 적이 없어도
나도 몰래 달아나니 막을 길이 뭐가 있나
하지만 잔류한 이들이
내 이름값을 하였지

눈에 넣어도 안 아플 내 생의 분신들이
이름자만 남기고 가뭇없이 사라졌지
아무리 덤이라지만
간다는 말도 없이

* 삼미자집三眉子集 : 다산이 10세 이전에 지은 시문을 모은 문집이다. 지금
  은 전해지지 않는다.

마과회통麻科會通

사람을 살리는 게 가장 큰 행복이지
은혜를 입으면 자신도 베풀어야지
은혜를 입지 않아도
베풀 줄 알아야지

몽수蒙叟의 헌신으로 목숨 건진 나로서는
내 목숨 건진 그를 잊어본 적이 없어
이제는 삼미三眉인 내가
남의 목숨 구해야지

반갑잖은 손님인 마마에 관하여는
손바닥 들여다보듯 정리하여 놓았으니
무지에 덜미 잡히지 않게
다들 간파하시기를

사람을 살리는 게 가장 큰 선행이지
한 생에 몇 목숨이나 구할 수 있으려나
제 목숨 내놓으면서
남을 구한 이도 있어

* 마과회통麻科會通 : 다산이 곡산도호부사로 부임했을 적에 마마 치료에 관
  한 몽수蒙叟 이헌길李獻吉의 책과 마마에 관한 중국 책들을 연구하여 마마
  를 치료할 수 있도록 정리해 놓은 책이다.
* 삼미三眉 : 마마를 앓은 다산의 곰보자국이 눈썹을 세 갈래로 나눈 것을 의
  미한다.
* 몽수蒙叟 : 이헌길李獻吉로 마마에 걸린 사람들을 치료하여 주었다.

촌병혹치村病或治

해미현 정배되어 배소에 이르른 뒤
더도 덜도 아닌 일주일 만에 풀려났지
세상에 그 새를 못 참고
해미남상국사당기海美味南相國祠堂記 낳았지

외직인 금정찰방으로 좌천되어 가서도
본의 아니게 천주교도 회유하며
반부半部인 퇴계집으로
도산사숙록陶山私淑錄 낳았지

곡산부사 시절엔 마과회통 낳고
장기로 유배 가선 그대를 낳았지
그대의 형제자매를
어찌 다 거명하나

못 말리는 어른인 걸 그대 앞서 알았지
그 어른 눈빛이 닿았다 하면
모두 다 날개를 다니
거역하지 못하는 걸

백언시 百諺詩

사람이 간직한 것 달아나기 마련이고
대를 이어 지켜도 간수하기 어려워야
더더욱 떠도는 말은
변질되기 마련이지

떠도는 말 붙들어서 고이 간직하는 길은
지필묵에 의존하는 길밖에는 수가 안 나
그릇인 사람의 뇌는
잊어야만 안 깨지니

둔탁하기 그지없는 볼품없는 말이라도
때를 빼고 광을 내면 시가 되기 마련이여
지상의 모든 언어가
궁합만 잘 맞으면

사람이 세운 것은 무너지기 마련이고
변하지 않는 것은 세상에 없다는데
하물며 떠도는 말이
지조가 있을라나

아학편훈의兒學編訓義

오랜 세월 군림하던 천자문을 멀리하고
초학들을 위해 너를 낳아주다니
무조건 멀리하지 않고
사실에 기초하여

초학들의 몸뚱이에 맞지 않는 천자문千字文을
초학들의 몸뚱이에 딱 맞는 아학편훈의兒學編訓義로
시대를 한참 앞질러
눈높이교육 실시했지

천지현황天地玄黃, 천지부모天地父母, 군신부부君臣夫婦,
형제남녀兄弟男女, 자매제수姉妹娣嫂, 조종자손祖宗子孫,
질고생구姪姑甥舅, 이아서식姨婭壻媳,
사자四字가 바통을 받아
계주를 벌이다니

사략史略이 사라져야 문교文敎가 진작될 거라
필독설을 불가독설로 의견을 내세우니
독설도 그런 독설도

실사구시에 입각하여

오랜 세월 득세하던 천자문을 밀어내고
초학들을 위해 너를 낳아주다니
무조건 밀어내지 않고
이치를 따져가며

* 아학편훈의兒學編訓義 : 다산이 1804년 봄 유배지인 강진의 사의재四宜齋
  에서 편저한 책이다. 당시 천자둔千字文이 초학들을 위해 널리 보급되었으
  나, 다산은 천자문이 초학들에게 적절하지 못하다며 초학들이 생활주변에
  서 접하는 사물事物을 중심으로 2000자의 글자를 골라 상권과 하권으로
  나누어 각각 천자씩 상하권으로 『아학편』을 찬하였다.

승암예문僧菴禮問

앞뒤를 가름하기 어려운 적소에서
주역·예기 전수한 속기록이 바로 너지
부자父子가 밤새워 가며
한겨울을 나면서

대웅전 부처님은 주역·예기 훤하겠지
적막한 산방에서 새어나오는 소리를
겨우내 뉘가 나도록
듣고 또 들었으니

어미 새가 새끼에게 사냥을 가르치듯
마음을 주지 않는 주역·예기 붙들고서
겨우내 질정수렴質定收斂으로
결판을 낸 것을

권장하는 문답식교육 수혜자가 바로 너지
86개 질문을 52항목으로 정리하여
저절로 태어나다니,
슬픔 많은 적소에서

* 승암예문僧菴禮問 : 승암문답僧庵問答이라고도 한다. 다산이 『주역』과 『예기』를 장남 학연에게 전수한 강의록이다. 1805년 학연이 강진으로 찾아왔을 때 밤을 새워 두 책을 강론했고, 다들이 의문을 표시하면 대답한 것을 52항목으로 정리했다.
* 질정수렴質定收斂 : 질문하고 대답하는 가운데 논란이 있던 문제에 대해 의견을 수렴해 가는 것이다.

주역사전周易四箋

주역이란 짐승을 내 안에 붙드는데
주역이란 짐승이 내 몸에 둥지 트는데
하늘이 함께했다면
믿을 사람 몇일까

무언가 들려야만 되는 일이 이 일이니
무언가 씌어야만 되는 일이 이 일이니
좌우간 맨 정신으론
되는 일이 아니지

모든 것을 다 안 이는 손 끝 하나 안 대지
모든 것을 다 안 이는 털 끝 하나 안 만지지
무언가 어중간할 때
가만있지 못하는 걸

꼼꼼한 추이推移 물상物象 그물망을 내던져서
꼼꼼한 호체互體 효변爻變 그물망을 내던져서
주역을 포획한 뒤에
고삐를 매어야지

나라는 고삐에 주역이 매인 건지
주역이라는 고삐에 내가 매인 건지
분간이 불가능할 때
무언가 태어나지

주역이란 짐승과 영육이 하나 되어
적소에 매인 몸이 개과천선하는 데에
하늘이 뒷바라지했다면
믿을 사람 몇일까

* 주역사전周易四箋 : 다산의 주역해설서로 24권 12책이다. 유배지인 강진에
  서 5차례의 수정작업 끝에 완성했다. 추이推移, 물상物象, 호체互體, 효변爻
  變 등 4가지 방법을 이용하여 『주역』을 풀이했다. 『주역사전』이라는 이름은
  여기에서 나왔다.

시경강의보詩經講義補

– 낙이불음, 애이불상樂而不淫, 哀而不傷

시경하면 사무사思無邪가 자동으로 떠오르지
시경강의보인 내게서는 무엇이 떠오르나
무언가 바라는 것은
순수하지 못하지만

정조의 조문條問으로 얼굴을 내밀었으나
몇 차례 성형 끝에 오늘의 내가 됐지
중풍에 덜미 잡힌 다산이
이청에게 구술하여

즐겁되 음탕하지 않는 이가 시경이여
슬프되 상심하지 않는 이가 시경이여
누군가 가까이하기에
너무나 먼 시경을

끈 떨어진 적소에서 붙들고 늘어졌지
제 몸 하나 못 가누면서 나를 낳아 주었지
정조와 맺은 인연을
그렇게 마무리하다니

시경하면 사무사思無邪가 저절로 떠오르나
시경강의보인 내게서는 무엇이 떠오르지
무언가 바라지 않아야
순수하다 할 건데

* 시경강의보詩經講義補 : 『시경강의보詩經講義補』는 정조의 조문에 답한 『시
  경강의詩經講義』에 정조가 질문하지 않은 더 밝혀야 할 것들을 추가한 것
  이다. 중풍으로 육체적, 정신적으로 어려운 상황에도 제자 이청에게 받아쓰
  게 하여 『시경강의보詩經講義補』를 완성했다.
* 낙이불음, 애이불상樂而不淫, 哀而不傷 : '즐겁되 음탕하지 않고, 슬프되 상
  심하지 않는다.'는 뜻으로 공자가 『시경詩經』의 '관저'라는 시에 대하여 한
  말이다.

아방강역고 我邦疆域考

자신의 뿌리를 아는 것이 중요하듯
내 영토를 알아야 이 나라를 수호하지
강가에 흙이 외임 나가
옥토도 변하거늘

바로잡지 않으면 분란의 씨가 되니
그로 인해 치러야 할 대가는 피뿐이니
애초에 말 안 나오게
쐐기를 박아야지

과거는 과거대로 현재는 현재대로
경계를 분명히 해 역사지리서 남기면
만고에 피 흘릴 일이
줄어들지 않겠는가

가르치지 않으면 발해가 안 떠오르고
배우지 않고서는 대조영도 안 떠오르니
누구나 접할 수 있게
도읍까지 밝혀야지

명쾌한 역사지리서 우리에게 없으니
내 나라의 영토를 서둘러 상고해야지
힘으로 밀어붙이면
위아래서 당하니

* 아방강역고我邦疆域考 : 단군조선 이라 역대 국가들의 영토와 지리를 고증
한 역사지리서이다. 1811년 다산이 강진에서 저술했다. 고조선, 부여, 옥저,
예맥, 발해, 마한, 변한, 진한 등 고대 국가들의 영토 문제를 우리나라와 주
변국의 문헌을 참조하여 정리해 놓았다.

논어고금주論語古今註

지금은 배운 것을 복습할 게 아니라
지금은 배운 것을 실습해야 되는 거지
지행이 합일할 때에
이보다 좋을 수가

주자의 생각과 내 생각이 다른 것은
의식의 지향성이 다르기 때문이니
자기만 옳다는 생각은
나부터 버려야 하는데

그렇다고 모두 다 맞는 것도 아니지
그렇다고 모두 다 틀린 것도 아니지
주자가 아니면 내가
헛짚을 수 있잖아

남들이 알아주나 알아주지 않으나
제 할 일만 다하면 소인에서 벗어나지
투덜댈 일이 아니라
마음을 닦아야지

시대를 달리하고 장소를 달리하면
생각도 달라지고 먹는 것드 달라지지
좌우간 시대에 맞게
그게 바로 진리지

* 논어고금주論語古今註 : 『논어』에 대한 주자朱子의 해석을 다산이 170여 군
  데나 달리 해석한 책이다.

맹자요의孟子要義

맹자하면 맹모삼천孟母三遷 떠오르는 맹자를
머리끝에서 발끝까지 샅샅이 해부하다니
꼼꼼히 들여다본 뒤에
다시 봉해 놓다니

고주古註를 다 뒤지고 신주新註를 다 뒤지고
자신의 생각까지 다 뒤지고 다 뒤져
뒤에 올 경학자들의
짐을 덜어 주다니

인의예지仁義禮智 천리天理로 본 주자의 생각을
사단이 인의예지를 낳은 것으로 보다니
역발상, 이거야말로
경학의 혁명이지

송유宋儒의 본연기질本然氣質 못 마땅히 여기고
본성性이 천리天理 아닌 기호라고 따지다니
맹자가 성선性善에 인용한
시경詩經까지 들이대며

하나라의 오십이공五十而貢, 은나라의 칠십이조七十而助
주나라의 백묘이철百畝而徹 주석을 단 정전井田도
이치를 따져보다니
붓칼을 앞세우며

만물개비어아萬物皆備於我어 대한 주자의 생각인
만물지리萬物之理 구어오신具於吾身을 못마땅해 하다니
기호가 다 다른 것을
철저히 무시해버린

맹자하면 공자왈맹자왈 중얼거려지는 맹자를
머리끝에서 발끝까지 낱낱이 발가벗기다니
꼼꼼히 들여다본 뒤에
다시 입혀 놓다니

* 맹자요의孟子要義 : 『맹자요의』는 다산의 경학연구서 중에서도 중요한 위치
  를 점하는『맹자』를 주석한 책이다.
* 만물지리구어오신萬物之理具於吾身 : '만물의 이理가 모두 내 몸에 갖추어
  져 있다.' 는 뜻이다.

대학공의大學公議

그대 찾아 헤맨 것을 해도 알고 달도 알지

수소문 끝 가까스로 그대를 만났으나

마음을
주지 않으니
망연자실할 수밖에

머리가 팍팍 도는 젊은 날 한눈을 판

사서삼경 멀리한 노안老眼의 몸뚱이가

갑자기
손을 내미니
그대가 등 돌리지

그렇다고 이대로 물러설 수 없는 것을

늦었다 할 때가 가장 빠른 때이지

무어든
목숨을 걸면
못 이룰 것 없으니

중용강의보 中庸講義補

두 강이 합수하는 두물머리는 뭐라 하나
아홉 강이 합수하는 구강포는 뭐라 하나
다산은 그들과 만나
무슨 얘기 나눴을까

두물머리는 구강포는 간서치인 내가
배움을 청하면 뭐라고 대답할까
기꺼이 나를 가르치려
발 벗고 나설라나

강물은 강물이어도 다 같은 강물 아녀
마음의 깊이도 다다라야 할 길도
모두 다 다르다는 걸
바로 지금 깨닫다니

불원천리 不遠千里 두 강물이 만나기라도 하면
언어가 팍 달라도 문제될 게 하나 없지
눈빛만 들여다봐도
그냥 알 수 있으니

수시처중隨時處中, 자강불식自彊不息, 수제치평修齊治平
뭔 말인가
　내 귀에 들리기는 다르게 들리지만
　좋은 말, 늘어놨겠지
　내용은 잘 몰라도

　두물머리가 중얼거리는 소리는 뭔 뜻인가
　구강포가 중얼거리는 소리는 뭔 뜻인가
　다산은 그들을 만나
　무슨 얘기 주고받았을까

* 수시처중隨時處中 : 천변만화하는 외부의 변화에 응해 최상의 선택을 하는
　것을 말한다. 『주역』의 '자강불식自彊不息'과 『대학』의 '수제치평修齊治平'
　과 비슷한 말이다.
* 자강불식自强不息 : '스스로 힘써 몸과 마음을 가다듬어 쉬지 아니한다.'는
　뜻이다.
* 수제치평修齊治平 : 수신제가치국평천하修身齊家治國平天下를 줄여놓은 말
　이다.

대동수경 大東水經

경학의 게릴라가, 문사철의 게릴라가
다산인 걸 다시 한 번 그대가 입증하다니
수계水系를 정리할 생각을,
못 말리는 다산이지

압록강은 녹수淥水, 두만강은 만수滿水
청천강은 살수薩水, 대정강은 정수淀水
그리고 대동강은 패수浿水,
예성강은 저수瀦水라니

북부의 하천은 하河가 따라다니는,
남부의 하천은 강江이 따라다니는
중국을 본받지 않고
수水로 홀로서다니

몸은 적소에서 벗어나지 못해도
몸은 적소에서 붓을 못 잡을 정도여도
마음은 천리만리를
서책으로 다녀오다니

아방강역고와 더불어 지리서인 그대가
통섭의 달인이 다산인 걸 증명하다니
대수帶水가 임진강이라고,
빠뜨릴 뻔했다니

소학지언小學枝言

― 빈 그릇을 들 때도 물이 가득 찬 그릇을 드는 듯이 하고

세 살 때 깨우친 것 여든까지 풀어먹나니
빈 그릇의 철학을 실천에 옮긴다면
세상이 적요하겠지
다투는 이 없으니

어른에게 나아가고 어른에게서 물러나는
법도는 기본이고, 육례 또한 기본이니
저절로 몸에 배이도록
갈고 닦아야지

입교入敎에서 계고稽古까지 멀지 않은 거리이나
가언嘉言과 선행善行을 덧붙여도 무난하지
무겁고 가벼운 것은
마음이 결정하니

요람에서 깨우친 것 무덤에서도 풀어먹나니
빈 그릇의 철학을 실천해 옮긴다면
삶이란 무거운 짐에
무릎 꿇지 않겠지

* 소학 :『소학』은 내편內篇과 외편外篇으로 되어 내편은 입교入敎, 명륜明倫,
  경신敬身, 계고稽古 4권으로 되어 있고 외편은 가언嘉言, 선행善行 2권으
  로 되어 있다.
* 소학지언小學枝言 : 아이들에게 문자 교육을 하면서 예법을 가르친『소학』
  이란 책에 대하여 다산이 쓴 책이다.
* 6례 : 예禮, 악樂, 사射, 어御, 서書, 수數를 가리킨다.

목민심서牧民心書

그대가 이 세상에 얼굴을 내미는데
한몫을 한 것이 한두 가지 아니다만
하늘은 뭔가를 위해
이해 못 할 일을 하지

황사영의 백서가 들통 나지 않았다면
조선이란 물길은 다른 데로 났겠지
만일에 그랬더라면
네 모습이 달랐겠지

그대가 이 세상에 큰 뜻을 펼치려고
그대가 이 세상에 큰 틀을 세우려고
그대는 일사이적一死二謫의
절망에 가위눌렸지

적소의 하늘, 땅이 거들지 않았다면
조선의 만성병을 치유하는 처방전인
그대가 태어나리라
생각이나 했겠는가

백성들의 상처를 치유하는 처방전인
그대와 피를 나눈 경세유표, 흠흠신서
모두 다 애절양인 강진에서
잉태한 게 분명하지

그대가 이 세상에 큰 울음 토하는데
뒷바라지한 것이 한두 가지 아니다만
하늘은 큰일을 위해
생각 못 할 일을 하지

* 일사이적—死二謫 : 신유사옥辛酉邪獄으로 정약종은 죽고 정약전과 정약용
  이 유배된 것을 뜻한다.
* 신유사옥辛酉邪獄 : 1801년(순조 1년) 시파의 제거가 오랜 숙원인 벽파가 천
  주교 탄압을 명분으로 일으킨 사건이다.

흠흠신서欽欽新書

사람이 살면서 허물이 없으면
동헌東軒 마당 끌려가도 두려울 게 없으나
털어서 먼지 안 나는 생
어디 있단 말인가

털끝만 한 작은 죄도 삼가고 삼가야지
목숨이 달린 죄는 두 말 하면 잔소리고
심지어 이목구비도
실수를 하잖은가

정의를 실현하는 처방전인 내 몸은
경사요의經史要義, 비상전초批詳雋抄, 의율차례擬律差例,
상형추의詳刑追議
더불어 전발무사剪跋蕪詞를
상비약 삼은 것을

절규하는 백성들을 구휼할 수 있도록
건릉 이후 누구도 폄출 당하지 않도록
율례를 크게 밝히니

신중을 기해야지

사람이 살면서 허물이 없으면
암행어사 출두해도 두려울 게 없으나
털어서 먼지 안 나는 생
있다는 말 들었는가

* 흠흠신서欽欽新書 : 다산이 형사사건을 다루는 관리들을 계몽하기 위해
1819년(순조 19)에 완성한 형법서이다. 30권 10책으로 이루어진 이 책은
『경세유표』, 『목민심서』와 함께 1표表 2서書로 일컬어지는 다산의 대표적
저서이다. 강진 유배지에서 다 완성하지 못하고 해배된 뒤에 고향에 돌아
와 완성하였다.

경세유표經世遺表

미완성인 내 꿈의 대를 이어갈 이 누구인가
인습에 젖어버린 병든 조선 치유하려
가파른 경학의 길을
쉴 새 없이 오르내렸지

멀리서 온 손님인 서경書經, 주례周禮 전범 삼아
부국강병 이르는 길 여러모로 모색했지
모순을 혁파하기에
힘은 너무 부쳤으나

한 차례 무지개로 사라진 정도전이
사약으로 생을 마친 불같은 조광조가
못 이룬 원대한 꿈을
적소에서 꿈꾸었지

생각하고 생각해도 겁나는 일이기에
자신을 금서 삼아 족보에도 안 올렸지
목숨은 하나이기에
더 큰 일을 위하여

미완성인 내 꿈의 대를 이어갈 이 누구인가
시대를 건너뛴 만고의 처방전을
목숨을 담보하지 않아도
탈이 없는 세상에서

* 경세유표經世遺表 : 다산이 다산초당으르 거처를 옮긴 순조 8년부터 순조
17년까지 10년 동안 쓴 작품이다. 44권 15책으로 원제목은 『방례초본邦禮
草本』이다. 『서경書經』과 『즈례周禮』의 이념을 근거로 조선의 실정에 맞게
중앙의 관제, 전제, 세제 등 각종 행정기구, 국가경영 일반에 관한 일체의
제도와 법규에 대하여 개혁의 원리를 밝혔다. 기존제도의 모순, 실제의 사
례, 개혁의 필요성 등을 논리적이고 실증적으로 제시하였다.

아언각비雅言覺非

적소에서 풀려나도 헤프게 살지 않고
적소에서 풀려나도 마음을 놓지 않고
그대를 바로 낳다니,
적소에서 잉태했지

해배 후에 남은 생은 쉬어가도 좋으련만
저술하는 재미를 물리치지 못하니
가만히 있었다가는
몸에 병이 생기기에

경학에 덜미 잡혀 정신없는 가운데도
말과 글을 바로잡을 생각을 다하다니
남들이 해야 할 일도
남겨놓으면 좋으련만

중은 남자이고 승僧은 여자라지,
한수漢水는 한강漢江인데 漢나라가 끼어드니
괜스레 구겨지는 건
자존심만이 아닌 것을

나에게 한강漢江이란 큰 강이면 좋겠는데
이럴 때는 다산이라고 다 맞지 않았으면
바른말, 챙기다 보니
상처 입을 때도 있나

적소에서 놓아줘도 헤프게 살지 않고
적소에서 놓아줘도 마음을 놓지 않고
그대를 낳을 줄이야,
적소에서 잉태했지

자찬묘지명 自撰墓誌銘

더해서도 덜해서도 안 되는 게 진실인데
남에게 맡겼다간 진실에서 멀어지지
상찬은 욕일 뿐이니
직접 나설 수밖에

사암에서 여유당까지 삼미자인 내 생이
지은 죄가 있다면 경학에 빠진 거지
적소의 기나긴 밤을
달랠 길을 찾다보니

백성 위한 길이라면 목숨 걸고 나섰으니
거짓으로 치장할 아무런 이유 없어
더 이상 막다른 길이
내 앞에 없는 것을

내가 낳은 저작들이 내 생을 대변하니
내 생을 엿보려면 유작을 만나야지
변명을 늘어놓은 게
단 하나도 없으니

마재에서 귤동까지, 귤동에서 마재까지
크게 보아 삶이란 한 글자에 불과하지
획수가 너무 많은 것
내 탓이라 해야 하나

* 자찬묘지명自撰墓誌銘 : 다산이 회갑을 갖은 해에 자신이 직접 쓴 자신의
  일대기이다.
* 사암俟菴 : "백세이사성인이불혹百世以俟聖人而不惑"은 "뒷날의 성인을 기
  다려도 미혹함이 없다"는 뜻이다. 이 글에서 사俟자를 따와 사암俟菴이란
  호를 사용하였다.

제2부

사의제

죽란시사竹欄詩社

누군가 찾아오면 무엇으로 맞이하나
누군가 돌아가면 무얼 쥐어 보내나
지닌 게 별로 없으니
내 마음이 편할 리가

행화杏花가 찾아오면 봉선화가 찾아오면
원두園頭가 찾아오면 연꽃이 찾아오면
대나무 난간이 있는
열수洌水 댁에 모셨다지

국화가 찾아오면 대설이 찾아오면
세모歲暮에 매화가 어김없이 찾아오면
무언가 손에다 쥐어
보낸 것이 분명한데

성호의 대를 이을 꿈을 꾸는 열수도
먼 후일 경학에 덜미 잡힌 열수도
명례방 죽란사竹欄社에서
세월을 낚은 것을

누군가 찾아오면 무엇으로 맞이하나
누군가 돌아가면 무얼 쥐어 보내나
지닌 게 별 볼 일 없어
시나 써서 줄 수밖에

* 죽란시사竹欄詩社 : 다산이 젊은 시절 벗들과 함께 죽란시사竹欄詩社란 모임을 만들었다. 초급관리 시절을 보내던 남인계 청년들의 사교모임으로 시 짓기를 하였다. 대나무 난간이 있는 집에 모인다 하여 죽란시사竹欄詩社라 칭했다.
* 열수洌水 : 다산이 젊은 날 즐겨 썼던 호로 한강의 옛이름이기도 하다.

배다리舟橋

－ 주교지남舟橋指南

군신유의君臣有義라는 말이 뭔 말인가 보여주지
천지간에 글과 붓이 있을 뿐이다, 외친 분이
군주의 특명을 받아
배다리 설계했다니

궁합이 이리 맞은 군신도 많지 않지
주교지남舟橋指南이 밀어주니 신명이 나기 마련
강물이 고분고분해야
뜻 이룰 수 있지만

그토록 순한 강물이 난폭한 강물 되지
배를 띄울 수도, 배를 엎을 수도
군신이 의義가 있으니
강물도 따를 수밖에

그리움에 사무친 강안江岸이 하나 되어
마음대로 오가니 그저 좋을 따름인가
강물에 몸담은 하늘도
불만을 안 토해야

그 뜻이 거룩하니 안 따를 자 누가 있나
말 많은 경강선京江船이 입을 다 봉하다니
누군가 등을 돌리면
끝장나고 마는 것을

군신유의君臣有義란 말이 뭔 말인가 보여주지
경학의 늪에 빠져 벗어나지 못한 분이
조선의 위신을 세운
배다리 설계했다니

* 배다리舟橋 : 정조는 어머니 혜경궁 홍씨의 회갑연을 맞이하여 대대적인 화
  성행차를 계획하였다. 정조가 직접 쓴 『주교지남舟橋指南』을 참조하여 다
  산이 배를 이용하여 놓은 다리이다.
* 주교지남舟橋指南 : 배다리 건설을 위하여 설치된 관청인 주교사舟橋司가
  『주교절목舟橋節目』을 만들어 정조에게 보고하였다. 정조는 『주교절목』의
  계획이 치밀하지 못하다며 『주교지남舟橋指南』을 써서 배다리를 놓는 기본
  원칙을 제시하였다.
* 경강선京江船 : 조선시대 한강을 무대로 한 운수, 상업 활동에 사용된 선박
  이다. 정조는 주교사舟橋司를 설치하여 능행陵幸때 배로 다리를 놓았는데
  경강선이 동원되었다.

화성華城

- 눈 오는 날

효성 깊은 저 화성은 사연이 너무 많지
한 사발 눈물로도 소화하기 어려운
애비가 앗아간 꿈을
아들이 되찾아주다니

포부가 너무도 큰 효성 깊은 화성 위해
김홍도가 채제공이 한 몫들을 하였지
다산은 거중기 머슴 삼아
수십 몫을 하였고

뒤주 없는 세상을 꿈꾸는 저 화성을
자물쇠 없는 세상을 꿈꾸는 저 화성을
일월日月이 보위하는 걸
모르고 지냈다니

왕도정치에 목이 마른 생각 깊은 저 화성이
얼룩진 이 세상에 탕평책을 펼치는 걸
일월日月이 눈감아주니
그 틈을 이용해서

* 화성華城 : 사도세자의 아들인 정조가 아버지의 묘를 수원에 옮기면서 축조
  한 성이다. 기존에 화강암으로 쌓았던 방식을 버리고 벽돌로 쌓는 축성 공
  사에는 다산이 고안한 거중기가 이용되었다.

천진암天眞菴

천주학이 터 잡도록 기여했다 말 들었지
이벽의 독서처讀書處인 천학도장天學道場 품에 안은
그대가 강학회 허락했지,
주어사走魚寺와 돌아가며

천주실의, 성리진전 이벽이 소개하니
싱싱한 소장학자 귀들이 곤두서고
눈빛이 빛나는 것을
그대는 보았겠지

하느님의 종인 이벽의 천주공경가天主恭敬歌를
믿음의 대명사인 약종의 십계명가十誡命歌를
마음의 이정표 삼아
묵상하고 기도한 것도

이벽과 정약종, 권철신과 권일신
첫 세례자 이승훈의 마지막 잠자리를
그대가 자처하다니,
이유를 달지 않고

단옷날 열수가 형제들과 찾아와서
한나절은 술잔 돌리고 한나절은 시 읊은 게
그대의 품에서인데
생각이 안 날 리야

천주학이 터 잡도록 기여했다 말 들었지
이벽보다 한참 앞서 원공苑公의 거처였던
그대가 강학회 허락했다며,
주어사走魚寺와 돌아가며

* 천진암天眞菴 : 경기도 광주시 퇴촌면 우산리 앵자봉鶯子峰 아래에 있는 사
  찰로 한국 천주교 성지이다.
* 원공苑公 : 석송은 정丁씨이며 호는 청파대사靑坡大師, 법명은 혜원慧苑이
  다.

천주실의天主實義

뜬금없는 그대가 조선에 잠입하여
몇 사람이나 살리고 몇 사람이나 죽였나
그 말이 무슨 말인지
통역이 필요하나

말기를 알아먹나, 말기를 못 알아먹나
살리려고 왔지, 죽이려고 안 왔지
하기야 본의 아니게
그리 된 것 다 아느니

말기를 못 알아먹어도 누累가 되지 않는 것을
의도는 좋았어도 결과가 잘못 됐나
그것을 달리 말하면
통과의례라 하지

그대가 뿌린 씨가 뿌리를 내리느라
수많은 조선인이 밑거름이 되었지
그 중에 정약종 일가가
바람막이한 것을

한번 간 목숨이 돌아올 리 만무하지
튼튼히 뿌리 내려 영혼을 살리는데
이제야, 이실직고하라
다그쳐 무엇 하리

* 천주실의天主實義 : 1595년(선조 28) 이탈리아 수도사인 마테오 리치가 중
  국에서 펴낸 한역서학서漢譯西學書이다. 가톨릭 교리서로서 동북아시아에
  가톨릭 신앙과 서구 윤리사상을 유포하는데 크게 기여했다. 『천주실의』는
  '천주에 대한 참된 토론'이라는 뜻이다.

주교요지 主教要旨

– 아우구스티노 정약종

주님의 말씀을 전하는 사람들도
결국은 죽음 앞에 꺾이고 마는 것을
죽음도 불사하다니
뭐라 배웠기에

저 산 밑에 백합이, 빛나는 새벽별이
뭐라 가르쳤기에 죽음마저 받아들였나
정약종, 아우구스티노
믿음의 대명사여

두 아들도 아내도 동정녀인 딸도
먼저 간 그대 뒤를 기필코 좇아가다니
이보다 진한 슬픔을
맛 본 사람 누가 있나

주님의 모습을 본 것이 분명하지
주님의 음성을 들은 것이 분명하지
의심이 걷힌 뒤에도
죽음 앞에 꺾이거늘

주님을 믿는지, 주님을 안 믿는지
살아생전의 행동이 빠짐없이 말하는데
죽음도 불사하다니
뭘 보고, 뭘 들었기에

* 정약종丁若鍾(1760~1801) : 조선 정조 때의 학자이며, 천주교 순교자이다.
  세례명은 아우구스티노이다. 다산의 형으로 천주교 교리서인 『주교요지』를
  완성하여 천주교 포교에 크게 기여하였다. 『주교요지』 이후 교리서를 종합
  적으로 정리한 『성교전서』를 저술하다가 신유사옥으로 이루지 못하고 서소
  문에서 참수를 당하였다.

황사영백서 黃嗣永帛書

당쟁으로 얼룩진 조선의 가슴에
외국의 힘을 빌려 복음을 전하려는
그대가 본의 아니게
지축을 흔들었지

성군 잃은 세상은 말라가는 연못인데
기회 노린 벽파에게 덜미를 잡히다니
복음이 무엇이기에
목숨까지 내주면서

약관인 열여섯에 진사시험 합격하여
앞날 훤한 그대가 서학을 만난 뒤에
양명揚名을 멀리하고서
하늘 일만 생각하다니

복음을 전하려는 단 한 가지 욕심에
외국군대 불러서 힘 과시하려 한 것을
게다가 왕실 혼인까지
간여하라 부추겼지

처가는 물론이고 이웃에 이르기까지
불똥이 튀고 튀어 순교를 일삼았지
모두 다 천국에 가면
조선 땅은 어이하나

탕평만이 살길인 조선의 가슴에
외세의 힘을 빌려 복음을 전하려는
그대가 본의 아니게
지축을 흔들었지

* 황사영백서黃嗣永帛書 : 1801년(순조 1) 황사영이 천주교를 탄압한 신유박해辛酉迫害의 내용과 대응방안을 적어 중국 북경의 구베아 주교에게 보내려고 한 밀서이다.
* 황사영黃嗣永(1776~1801) : 본관은 창원昌原, 자는 덕소德김이며 세례명은 알렉산드르이다. 정5품 정랑正郎을 지낸 황석범黃錫範의 아들이다. 1790년(정조 14) 열여섯의 나이에 진사시에 합격하였다. 1794년 중국인 신부 주문모周文謨가 지도하는 명도회明道會에 가입, 교리를 공부하였다. 1801년(순조 1) 신유박해辛酉迫害 때 제천堤川 배론排論의 산중 토굴로 피신하였다. 그곳에서 신유박해의 상황 및 천주교를 전교할 방책을 명주천에 적어 천주교인인 황심黃沁, 옥천희玉千禧에게 동지사冬至使 일행을 따라가 북경에 머물고 있는 구베아 주교主敎에게 전달시키려 하였으나 실패하였다. 그 일로 체포되어 참수를 당하였다.

사학징의邪學懲義

단단히 박힌 돌인 조선의 주자학에겐
기쁜 소식 천주학도 날아온 돌이어야
행여나 뽑혀 나갈까
과민하게 반응한 걸

조금만 방심했단 어느 틈에 날아와서
자리를 차지하고 말거란 걸 잘 알기에
애초에 싹을 없애려
가차 없이 손봤겠지

사랑의 메신저인 선량한 천주학도
봉건왕조 조선에겐 사학으로 매도되지
죄상을 다 적어놓다니
하나도 빠짐없이

낱낱이 적어 놓은 죄상이 순교인 걸
아까운 목숨들이 모두 다 반석이 돼
탄탄한 오늘이 된 걸
그들이 알 리 있나

세상의 이치란 게 뒤바뀔 때도 있어
둘도 없는 목숨을 앗아간 게 죄악이지
스스로 다 적어놓다니,
빼도 박도 못하게

* 사학징의邪學懲義 : 신유박해辛酉迫害(1801년) 때 포도청捕盜廳 및 형조刑
  曹에서 문초와 형벌을 받은 천주교인들의 진술과 판결문 등을 모아 편찬한
  책이다. 당시 박해 상황과 더불어 초창기 한국천주교회를 연구하는 데 귀
  중한 자료이다.

일속산방도—粟山房圖

소치가 시작하여 초의가 마무리한
일속산방 품에 안겨 한 삼년 발효하면
치원巵園을 뒤따라잡을
시를 쓸 수 있을까

아욱국에 조밥으로 끼니를 때우고서
지필묵에 벼루로 속세를 물리치는
치원을 따라잡는다니
당치 않는 일이지

세상을 활보하는 마음을 억누르고
입을 봉한 산석山石 되어 일속산방 안기려면
스승을 제대로 만나야
그런 꿈 꿀 수 있지

내가 뱉은 시의 향이 제주바다 건너서
추사의 콧등에 정확히 닿을 때에
한 마디 따끔한 말이라도
들을 수 있을라나

무슨 말 듣든 말든 일속산방 안겨야지
닥쳐보면 알 것을 무슨 말이 이리 많나
삼근계三勤戒 가슴에 새겨
꽃이 피고 새가 울게

* 일속산방도一粟山房圖 : 일속산방一粟山房은 '좁쌀 한 톨만 한 작은 집'이
  라는 의미로 강진군 대구면 천개산 백적동에 있으며 치원 황상이 살던 곳
  이다. 소치가 치원에게 그려준 것으로 초의선사가 교정을 보았다 한다. 추
  사는 소치의 이 작품을 보고 "압록강 동쪽에는 이만한 그림이 없다"라고
  높이 평가 했다.
* 산석山石 : 황상黃裳의 어린 시절 이름이다.
* 치원巵園 : 황상의 호이다.
* 삼근계三勤戒 : 다산이 제자인 어린 날의 황상에게 준 면학문勉學文이다. 첫
  째 외우기를 빨리하면 재주만 믿고 공부를 게을리 하는 폐단이 있고 둘째
  글재주가 좋은 사람은 속도는 빠르지만, 글이 부실하게 되는 폐해가 있으
  며 셋째 이해가 빠른 사람은 한번 끼친 것을 대충 넘기고 곱씹지 않으니
  깊이가 없는 경향이 있다. 둔한 데도 계속 열심히 하면 지혜가 쌓이고, 막
  혔다가 뚫리면 그 흐름이 성대해지며, 답답한 데도 꾸준히 하면 그 빛이 난
  다. 둔한 것이나 막힌 것이나 답답한 것이나 모두 부지런한 것으로 이겨내
  야 한다.

노규황량사露葵黃粱社

진즉 만났더라면 일가를 이루었지
일속산방이 두 손 벌려 나를 반기어도
입맛을 다 버렸으니
이 일을 어떡하냐

고기맛에 넘어간 회맛에 넘어간
세 치 쇳바닥이 내 마음을 앞지르니
조밥에 귀한 아욱도
나를 감당 못 하지

다행히 내 마음이 비만인 것 사실이니
조밥에 아욱 아닌 보리밥에 상추로
마음의 다이어트라도
끼니마다 해야지

버린 입맛 되찾는 건 쉽지 않은 일이나
노규황량사 다섯 글자, 마음에 새겨야지
살다가 일속산방에
소박 당할지라도

* 노규황량사露葵黃梁社 : 작자미상의 이 서첩은 다음과 같은 일화가 전해지고 있다.

다산의 제자 황상이 머무르고 있는 대구면 항동의 일속산방을 다산과 추사가 찾아가서 하룻밤을 묵게 되었다. 다음 날 아침 기장으로 지은 밥에 아욱국으로 식사를 대접받았다. 이에 다산이 "남쪽 밭에 이슬 젖은 아욱을 꺾고, 동쪽 골짜기 누런 즈를 밤에 찧는다."는 뜻인 "남원노규조절, 동곡황량야춘南園露葵朝折, 東谷黃梁夜春"이라는 시를 지었다. 그러자 곁에 있던 추사가 '노규露葵'와 '황량黃梁'을 가리고 사祀를 붙여서 제액題額을 써 주었단다.

하지만 '노규황량사露葵黃梁社'는 서부금계書付琴季라는 부전지로 보아 추사가 해배된 1848년 이 후 어느 날 추사를 방문한 윤종진 편으로 황상에게 써 보낸 것이다. 그러한 근거는 다산은 76세(1836)로 이미 세상을 떠났고, 제주 유배시절 이미 추사는 황상을 갈고 있었기에 해배길에 황상을 찾아갔으나 황상이 마현을 가 서로 만나지 못하였기 때문이다. '일속산방' 또한 다산의 역리易理의 가르침을 실생활 공간에 적용한 것인데 『치원유고』에 의하면 1849년(62세) 마현 여행 이후에 지었던 것이다.

치원유고厄園遺稿

– 일속산방一粟山房

비취빛 하늘을 구워낸 산마을이
막무가내 붙들고 놓아주지 않은 건지
본인이 나갈 생각을
하지 않은 건지

해와 달, 구름마저 구워낸 산마을이
무어라 구슬려서 발목이 잡힌 건가
삼근계三勤戒, 가슴에 새기고
몇 십 년을 버티다니

좁쌀만 한 산방이 하늘과 내통하니
세상엔 부러울 게 하나도 없었을까
정수사, 물의 법문도
한몫하지 않았겠나

조밥에 아욱국은 노규황량사로 태어났는데
치원의 시편들은 무엇으로 태어날까
추사의 금세무차작今世無借作
허튼 소리 아니지

시간이 흐를수록 모든 게 닳아지나
시간이 흐를수록 돋아나는 것들은
그 동안 터무니없이
묻혀 있던 것들이여

좁쌀만 한 일속산방 하늘이 챙긴 것은
언제나 초심으로 마음을 닦았기에
치원은 일속산방으로
내 마음에 살아 있지

* 치원유고屁園遺稿 : 삼근계三勤戒를 평생 가슴에 새기고 산 치원 황상의 유
  고집이다.

다산여황상서간첩茶山與黃裳書簡帖

저장성강박증이 없다면 역사란 말은 없지
저장성강박증이 인류에게 역사를 선물했지
기록은 저장성강박증의
서자 아닌 적자인 걸

다산 이전 열수洌水의 그때 그 시절이
다산 이전 탁옹籜翁의 그때 그 사연이
하나도 빠뜨리지 않고
서간첩에 담겼어야

적소에서 열수가 학질에 시달린 걸
슬픔 많은 열수가 배탈이 나 탈진한 걸
치원의 다산여황상서간첩이
고스란히 알려줘야

노래로써 학질을 떨치려고 애를 쓰고
공부를 멀리한다, 질책을 마다 않고
상례를 똑바로 하라
사정없이 닦달하고

왜곡도 역사란 걸 모르는 바 아니지만
개인의 사생활도 왜곡될 수 있지만
기록은 저장성강박증의
서자 아닌 적자이지

* 다산여황상서간첩茶山與黃裳書簡帖 : 다산이 제자인 치원에게 보낸 편지를
  묶어 놓은 첩이다.

견월첩見月帖

말은 많이 들었으나 못 만난 게 허다해야
월인천강지곡, 월인석보도 그 중에 끼어 있지
단 한 번 들어본 적 없는
견월첩이 손 내미니

한 첩도 아니고, 두 첩이 손 내미니
양손을 내밀어 한꺼번에 만나야지
밤하늘, 달은 하나인데
견월첩이 둘인 것은

혜장 향한 다산의 마음의 편린들이
다산 향한 혜장의 마음의 편린들이
가슴을 서로 맞대니
만삭인 달이어야

기울었다가 차는, 찼다가 기우는
달 보면 서로가 생각난 게 분명하지
저 달을 배달부 삼아
사연을 주고받다니

혜장이 열반하며 뱉은 말인 '무던히'가
새로운 화두로 내 마음을 차지해야
견월첩, 손 잡아준 것이
잘한 건지 못한 건지

* 견월첩見月帖 : 다산이 혜장과의 교우를 기억하기 위해 두 분 사이에 오간
  서찰과 시들을 두 권의 책으로 만들어, 한권은 자기가 갖고 한권은 혜장에
  게 준 것이다.

만일암지挽日菴志

두륜산 기린봉 아래 석탑만 남아 있는
대둔사의 시원암인 만일암의 중수만일암기重修挽日菴
記가
다산과 은봉의 인연으로
세상에 태어났지

붉은 정자, 푸른 누각 손가락 튕기는 사이
티끌로 돌아간다는 자하도인紫霞道人 다산에게
터럭이 드문드문한
은봉이 찾아가다니

팔뚝에 군림하는 종기에 시달리며
자연산인 친필로 만일암지 낳아주었으나
현판을 내걸지 마라
신신당부한 뜻은

사은봉사, 답은봉, 은봉경궤, 시은봉선사
기은봉선사, 우은봉선, 답은봉선 서신마다
뭔가를 보여주었지,

언어의 진검으로

만일암실적의 오류를 바로잡은 제만일암지도
결벽증에 사로잡힌 다산이 낳은 거지
은봉의 이름을 빌려
큰일은 다 하다니

* 만일암지挽日菴志 : 다산이 은봉隱蜂 두운선사斗云禪師의 부탁으로 쓴 지志
   이다.

요조첩窈窕帖

너무 이른 감이 없지 않아 있지마는
이왕에 이리 된 것 잘 했다고 해야 맞지
음양은 못 말리는 일
이목은 두렵지만

장난기 가득 서린 고枯, 양揚, 생生, 이羹 고枯, 양揚, 생生,
이羹
이제 갓 서른인데 이런 말 써도 되나
누구든 초혼 아니면
그런 말 듣게 되니

치구稺求 정학유가, 성교聖郊 윤자동이
구보求甫 윤종기가, 학래鶴來 이청이
더불어 자창子蒼이란 자가
팔팔한 시 보낸 것을

접련화蝶戀花, 작교선鵲橋仙, 호사근好事近, 일반아一半兒
송사宋詞와 원곡元曲으로 재혼을 기리니
돈보다 축하의 시가

빛을 더 발하는 걸

아리따운 여인은 군자의 짝이라고
오래 묵은 시마저 한 수 거들거늘
백자도百子圖 병풍 아래서
엉클어진들 어떠리

매옥서궤梅屋書軌

다산이 스님들에게 보낸 서첩인 그대를
한국교회사연구소가 챙긴 것은 무슨 연유인가
그대가 입을 봉하니
이면계약이라도 한 듯

그건 그렇다 치고 묻는 말에 대답하고
어떤 건 안 물어도 제 입으로 털어놓으니
의문이 확 풀린 것이
대둔사지大芚寺志 편찬이지

중풍으로 마비가 와 붓 잡기도 어려운데
마음을 다스리는 명약이 저술인 듯
승려들 초당에 불러
사지 편찬 진두지휘했지

전등록傳燈錄 다 뒤지고 불조통재佛祖通載 다 뒤지고
암자의 전적들 빠짐없이 다 뒤져서
한 자도 어긋남 없이
대둔사지 낳은 것을

다산이 스님들에게 보낸 서첩인 그대가
한국교회사연구소 품에 안긴 연유가 무엇인가
그대가 입을 다무니
비밀협상이라도 한 듯

* 매옥서궤梅屋書軌 : 다산이 다산 초당에서 대둔사(현 대흥사)에 있던 호의縞
  衣 스님에게 보낸 친필 편지 12통과 선승禪僧이자 다승茶僧으로 알려진 초
  의草衣선사의 스승인 완호玩虎 스님에게 쓴 편지 1통 등 다산의 서한 13통
  이 담긴 서첩이다. 이 서첩에는 정학연이 1819년 호의 스님에게 쓴 2통이
  포함돼 있다.

산거잡영 山居雜詠

백열록에 은둔한 자하산초 일시佚詩인
산거잡영 24수 어렵사리 만났지
시대를 달리하여도
감동은 여전하데

봄에서 겨울까지 한 계절도 안 놓치고
율시 절구 고삐 삼아 24수 붙든 것을
코뚜레 안 보이는데
저리 잘 붙들다니

7언 율시 12수, 7언 절구 12수
눈으로 어루만지고 입으로 읊조리니
초당이 진경산수로
나에게 다가와야

위계질서 분명한 사계가 찾아왔나
근엄한 자하산초 사계 찾아 나섰나
무위를 터득하였으니
나선 것은 아니지

백열록에 은둔했다 결국은 들통이 난
산거잡영 24수 가까스로 만났지
적소의 하루하루를
안 엿봐도 알 수 있는

* 산거잡영山居雜詠 : 7언 율시 12수, 7언 졸구 12수 총 24수가 백열록에 수
  록되어 있다.

현친유묵賢親遺墨

다산외가 비장품인 고색창연한 현친유묵이
세상에 선보인 지 여러 해가 지난 뒤에
이제야 소식 접한 내가
만나길 바라는데

지금은 어디에서 무슨 꿈을 꾸는지
귤동진장시첩橘洞珍藏詩帖과 함께 맛만 보여주고
또 다시 은둔을 하니
어디에 수소문하나

퇴계와 미수, 고산의 유묵遺墨과
행당공 윤복 이하 7세손의 친필 척독尺牘을
다산의 귤동 제자인
윤문거가 꿰맨 것을

현은 현대로 친은 친대로
단정하게 자리잡은 2권 1책 진본을
기어코 만나야겠는데
만날 길이 없으니

어진 사람을 높이는 게 지智이고,
친한 사람을 가까이 하는 게 인仁이라
다산이 발문했다지,
현친유묵 어디 갔나

* 현친유묵賢親遺墨 : 다산초당의 주인인 윤문거尹文擧가 퇴계 이황과 미수
  허목, 고산 윤선도의 유묵遺墨과 그의 선조인 행당공 윤복 이하 7세손에
  이르는 조상들의 친필 척독尺牘을 모은 것으로 다산이 발문을 썼다.
* 귤동진장시첩橘洞珍藏詩帖 : 퇴계가 윤복에게 써준 시를 중심으로 신석우申
  錫愚와 허전許傳 등 후대 문인 14인이 차운한 시들을 함께 묶어 정리한 시
  집이다.
* 척독尺牘 : 편지

삼창관집三倉館集

- 유산酉山

발목 잡은 슬픔을 뿌리치지 아니 하고
슬픔과 하나 되어 챙길 건 다 챙겼지
슬픔이 운명이란 걸
바로 터득하다니

적소의 아버지 뒷바라지하는 중에
주역과 예기에만 빠진 줄 알았지
틈틈이 시를 낳다니
소문도 내지 않고

꿈이 부푼 나이에 폐족이 되었으나
절망의 고삐에 끌려 다니지 않고
뭔가를 이룩하다니
유전자는 못 속이지

아버지가 이룬 꿈 뒤처리만 잘하여도
반쯤은 성공한 인생이라 할 수 있지
더불어 시를 낳다니
절망이 힘이 되어

슬픔에 발목 잡혀 거처가 불안해도
슬픔과 한 몸 되어 제 할 일 다 하다니
슬픔이 운명인 것을
그리 빨리 깨닫다니

* 삼창관집三倉館集 : 다산의 큰아들 유산·酉山이 쓴 시집이다.
* 유산酉山 : 정학연丁學淵의 호이다.

시명다식詩名多識

- 운포耘逋

두물머리 마재에서 구강포 굴동까지
적소의 아버지를 뵈고 갔던 청년이
시경을 해부하다니
전모가 드러나게

대를 이어 이 집안은 가만있지 못하지
시경에 눈독들인 아버지는 시경강의보를
아들은 시명다식을
조선에 안겨 줬어

그냥 그저 심심풀이 땅콩이 아니라
주희와 육기와 이시진까지 동원하여
뭔가를 이루어냈지
뒤에 올 이를 위해

농가월령가 하나로 양이 찰 인물 아녀
사람 위한 길이라면 궂은 길도 마다않지
슬픔을 마무리했으니
할 일이 뭐였겠나

슬픔의 처음에서 슬픔의 마지막까지
맛 볼 것은 다 맛 본 조선의 사내가
시경을 해부하다니
전모가 드러나도록

* 시명다식詩名多識 : 생물을 풀, 곡식, 나무, 채소, 새, 들짐승, 물고기, 벌레
  등 8가지로 분류해 설명하고 있다. 산물명에 이어 해당 생물이 등장하는
  '시경' 장의 편명을 적고, 주희의 『시전詩傳』, 육기의 『모시초목조수충어소
  毛詩草木鳥獸蟲魚疏』, 이시진의 『본초강목本草綱目』 등 문헌을 풍부하게
  인용하고 검토해 설명을 하였다.
* 운포耘逋 : 다산의 둘째 아들 정학유丁學游의 호이다.

방산유고舫山遺稿

피는 못 속인다, 그 말을 입증하듯
사연 많은 가문이 방산에서 꽃이 피니
아무리 속이려 해도
속일 수 없는 거지

유년에 본가에서 갈고 닦은 실력에다
장년에 외가에서 갈고 닦은 실력이
저절로 하나가 되니
이보다 더 큰 힘이

방산이란 호를 보낸 연경燕京의 주당周棠이
백홍白虹의 기상 있다 그의 시에 답하였지
가만히 내버려둬도
스스로 빛나는 걸

경학이란 성에 갇힌 유전자가 어데 가나
떨쳐내려 힘쓰면 오히려 불어나니
할 일이 따로 없었지
사진仕進에 불응하여

피는 속일 수 없다, 그 말을 입증하듯
역전익易傳翼, 시경강의속집詩經講義續集, 물명고物名考,
동환록東寰錄
경학과 종유從遊하였으니
못 말리는 집안이지

* 방산유고舫山遺稿 : 조선 후기 학자인 윤정기尹廷琦의 시문집이다. 책머리
  에 김석준金奭準의 서문과 저자의 자서, 책 끝에 중국인 주당周棠의 발문
  이 수록되어 있다. 3권 2책이다.
* 방산舫山(1814~1879) : 이름은 윤정기尹廷琦이다. 본관은 해남海南, 자는
  경림景林, 호는 방산舫山, 방재舫齋이다. 아버지는 참봉 영희榮喜이며, 어머
  니는 다산의 딸이다.

명발당明發堂

매조도 하나는 딸을 위한 것이고
매조도 또 하나는 누굴 위한 것일까
그대가 입을 봉하니
다그치기 민망하고

시대를 뛰어넘은 둘도 없는 분이셨지
시절이 고단하여 빛을 보지 못했지만
이제야 알아보다니
과골삼천踝骨三穿 돋보이게

뒤란에 매화꽃이 해마다 찾아와
이름 모를 새들이 얼굴을 마주하고
추억을 되새김하니
살아 있는 매조도여

넉넉한 그대 품에서 잉태된 방산이
외조부 대를 이어 일가를 이루었지
한 대도 거르지 않고
전력투구한 것을

큰일 위해 떠났어도 서운함은 마찬가지
품위를 잃지 않고 그대가 버틴 것은
결국은 귀어촌에서
돌아올 줄 알았지

매조도 하나는 딸을 위한 것이고
매조도 또 하나는 누굴 위한 것일까
그대가 입을 다무니
다그칠 수 없잖은가

* 명발당明發堂 : 해룡공海龍公 윤광택尹光宅(1732~1804)의 당호이다. 윤광
  택의 아들이 윤서유이고 손자가 윤창모이다. 다산은 친구 윤서유의 아들이
  자 자신의 제자인 윤창모에게 딸을 시집보냈다. 명발당은 윤창모가 살던
  곳으로 방산 윤정기를 잉태하였다.

조석루朝夕樓

왕휘지王徽之의 아침과 도연명陶淵明의 저녁을
날이면 날마다 꿈꾸는 나에게
다산이 자원방래自遠方來하니
즐겁지 아니한가

당대도 아니고 대를 이은 우정이
덕룡산의 바위처럼 어깨를 맞대고서
눈앞의 가파른 세상,
굽어볼 때도 있지

석문이 용혈이 청라곡이 밀어주니
시들이 제 발로 찾아오는 것을
모두 다 맞이하기에
둘이서도 힘겨워야

슬픔을 잊는 데는 술과 시가 최고라고
계곡물이 읊조리며 먼 길을 떠나는데
하루가 어찌 갔는지
나도 모를 때가 많아

시에 취한 다산이 시야에서 사라지고
산 그림자 제 둥지로 돌아간 뒤에는
달빛에 댓잎도 나도
잠 못 이룰 수밖에

---

* 조석루朝夕樓 : 개보皆甫 윤서유尹書有의 농산별업農山別業에 있는 누樓이
  다.
* 개보皆甫(1764~1821) : 이름은 윤서유尹書有이다. 자字는 개보皆甫, 호號는
  옹산翁山이다. 1756년(영조32) 문과에 급제한 후 성균관 전적成均館典籍,
  사헌부 감찰司憲府監察, 예조 정랑禮曹正郎 등을 거쳐 사간원 정언司諫院
  正言에 이르렀다.

과골삼천 踝骨三穿

치원은 삼근계를 좌우명 삼았었지
다산은 그 무엇을 좌우명 삼았을까
뒤늦게 과골삼천 踝骨三穿을
꿈꾸어도 되는 건가

과골삼천에 다다르면 경학의 달인 될까
아무나 못 이루는 헛된 꿈에 불과하지
세상에 일사이적을
계산에 안 넣다니

복사뼈에 구멍이 한 개도 없는 나는
복사뼈가 부어올라 본 적도 없는 나는
무언가 달인이 되기는
틀린 것이 분명하지

좌우명 가졌다고 무엇이든 이뤄지나
큰 뜻을 품었다고 무엇이든 부화되나
시운이 따라주어야
한 판 승부 벌이지

일가를 이뤄야만 후회 없는 생인가
일가를 못 이뤄도 신명身命을 다해야지
하나 더, 과골삼천踝骨三穿 아닌
과골사천踝骨四穿에 이르도록

* 과골삼천踝骨三穿 : 다산은 공부하고 저술을 하느라 복사뼈가 방바닥에 닿
  아 구멍이 세 개나 뚫렸다고 한다.

복성재復性齋

밀리고 떠밀리어 모래미에 똬리 튼
상처뿐인 내 생이 언제나 복원될까
사람들 틈에 섞여도
섬 속의 또 섬이니

자의든 타의든 하늘 아래 땅 위에
죽음으로 해결 못할 외로움은 없다마는
얼룩은 죽음으로도
지우지를 못하지

학문과 저술로 슬픔을 물리치는
다산의 아우가 그리운 날들이여
밤새워 글을 읽어도
서러움은 안 끝나니

내 생은 이미 뭍에서 멀어졌으나
기회 잡은 사촌서당 든든한 뭍 삼아
내 생은 복원 못 해도
본성은 찾아야지

* 모래미 : 손암巽庵 정약전이 세운 서당인 복성재가 있는 마을이다.

현산어보玆山漁譜

- 손암巽庵 정약전丁若銓

일사이적의 슬픔을 무엇으로 감당하나
다산의 내 아우는 경학에 빠졌으나
현산에 버려진 나는
술로 밤새우다니

가차 없는 슬픔을 따돌리지 못할 바에
슬픔과 한 몸 되어 슬픔을 잊어야지
내 몸이 인정 안 해도
슬픔은 창궐하니

술에 덜미 잡혀 내 생을 망친다면
우애 깊은 아우의 슬픔이 덧나겠지
뭔가를 이루어야지,
아우를 위해서도

다산의 내 아우가 정진을 거듭하여
서책을 낳고 또 낳고 또 낳으니
내 몸에 자리 잡은 슬픔도
큰 힘을 못 쓰는 걸

기우뚱거리는 내 삶이 이제라도 바로 서면
내 아우도 슬픔을 덜어낼 수 있을라나
뒤늦게 철이 든 것도
아우를 본받아서

비록 절해고도이나 나를 맡은 현산 위해
늦었지만 이제라도 내 몸을 바쳐야지
기필코 뭔가를 이뤄
내 삶도 충전하고

* 현산어보玆山漁譜 : 신유사옥 때 흑산도에 우배된 손암巽庵이 이 지역의 해
  상생물에 대하여 편찬한 해양생물학 서적이다.

표해시말漂海始末

― 천초天初 문순득文淳得에게

먼 바다에 표류했다 가까스로 돌아온
그대의 구술을 그대로 옮겼으니
이것은 내 것이 아닌
그대의 것이지

밀리고 밀리어 현산玆山까지 밀린 나는
돌아가지 못하고 둥지를 틀었건만
그대는 천운을 타고나
먼 곳에서 돌아왔지

먼 나라의 풍속은 두말하면 잔소리고
궁실宮室에 의복까지 해박海舶에 토산까지
두 눈에 담아오다니
하나도 빠짐없이

하루가 멀다 하고 술에 젖은 내가
구사일생 살아난 그대와 만나다니
그대를 만나기 위해
내게는 슬픈 일이

깊이 잠든 조선을 흔들어 깨워야지
굳게 잠긴 조선의 빗장을 열어야지
천초天初여, 표해시말漂海始末이
우연인가, 운명인가

* 표해시말漂海始末 : 우이도 사람, 홍어장수 문순득(1777~1847)이 바다에 표
  류하여 일본, 필리핀, 중국을 거쳐 돌아온 이야기를 손암이 그의 구술을 받
  아 적은 것이다.
* 천초天初 : '하늘 아래 처음 있는 일'이란 뜻이다. 손암이 문순득에게 '천
  초'란 이름을 지어 주었다.

운곡선설雲谷船說

– 유암柳菴

하늘은 그들에게 무슨 일을 시키려고
일사이적의 슬픔은 손암에게 안겨주고
시련은 문순득에게
도매가로 맡기셨나

하늘은 또 나에게 무슨 일을 시키려고
경학에 맛이 들어 정신없는 나를
머나먼 우이도까지
사서 고생시키다니

표해시말에 이어 운곡선설 낳으라고
거역하지 못하리라, 미리 넘겨짚고서
하늘이 우리 모두를
불러내지 않았을까

배운 바 하나 없는 장사꾼 문순득이
천초天初라 불리어도 아깝지 않은 것은
하늘이 그를 점지하여
작업을 한 때문이지

이물에서 고물까지 바닥에서 돛대까지
이국異國 배의 안과 밖을 눈빛에 다 담다니
목숨을 건지는 일을
우선시하지 않고

하늘은 우리에게 무슨 일을 시키려고
손암과 나를 천초에게 맡겼는지
그런 걸 운명이라고
해야 하나, 안 해야 하나

* 운곡선설雲谷船說 : 다산의 제자인 강진 사람 이강회가 문순득의 구술과 손
  암의 『표해시말漂海始末』을 참조하여 지은 책이다.
* 유암柳菴(1789~?) : 이름은 이강회李綱會다. 다산의 제자로 다산이 해배
  되어 고향으로 돌아간 후 경학을 연구하기 위하여 우이도로 들어가 문순득
  의 집에 기거하였다. 『유암총서柳菴叢書』와 『운곡잡저雲谷雜櫫』 등을 남겼
  는데 조선의 부국강병을 이용후생으로 실현코자 한 실학자이다.

거설답객난車說答客難

- 유암柳菴

아무리 지나쳐도 지나치지 않은 것은
백성들의 삶의 질을 높이는 것이어야
몸으로 그 모든 것을
해결하게 하다니

수레라는 짐승이 이국의 백성들의
그 무거운 짐을 다 소화해 주건만
조선은 이날 이때까지
뭣하고 있단가

고관대작 벼슬아치, 등짐 질 일이 없어
남의 허리 휘어져도 펴줄 생각 안 하지
자기가 안 짊어진다고
방관하면 되겠는가

수레를 낳아주는 재목이 없다는 등
감당 못한 이런저런 이유를 들이대나
의론이 일치 못한 게
가장 큰 병통이여

하늘이 오재五材를 이유 없이 낳았겠나
짐승은 물론이고 사람을 위해서여
손에다 안 쥐어줘도
갖다 쓸 줄 알아야지

아무리 지나쳐도 지나치지 않는 일은
백성들의 허리를 펴주는 일이어야
그 일에 수레란 짐승이
안성맞춤인 것을

* 거설답객난車說答客難 : 『유암총서』에 표해시말, 운곡선설, 제거설과 함께
  수록되어 있다. 다산의 제자인 유암의 저술로 조선에 수레를 보급해야 한
  다는 글이다.

운곡잡저 雲谷雜櫫

- 유암 柳菴

세상에 버릴 것이 하나도 없다는 걸
그대와 조우한 뒤 갑작스레 깨달았지
오히려 잡다한 그대가
삶의 수레 끌다니

보금자리 박차고 절해고도 택하여
이용후생의 길을 반듯하게 낼 줄이야
누군가 시키지 않아도
자기 할 일 다 하다니

피를 나눈 형제인 손위의 유암총서
손암의 표해시말 앞자리에 앉혔지
살아서 뵌 적 없어도
예우를 다 하다니

그 형에 그 아우인 손아래인 그대가
손암의 송정사의 松政私議 마지막에 앉힌 것은
급한 일 챙기느라고
정신을 잃은 탓에

세상에 해야 할 일 너무도 많다는 걸
그대와 만난 뒤 느닷없이 깨달았지
오히려 잡다한 그대가
삶의 수레 끌다니

* 운곡잡저雲谷雜櫧 : 다산의 제자인 유암의 저작으로 2권 1책 89장으로 되
  어 있다.
* 송정사의松政私議 : 손암이 저술한 소나무 식목에 관한 책이다.

금당기주琴堂記珠

그대가 아니었더라면 맛보기가 힘이 들지
그대가 아니었더라면 입증할 길이 없지
다산의 초의 사랑이
얼마나 절실했는가를

바다 건너 추사의 외로움을 덜어준
동다송東茶頌과 다신전茶神傳의 천의무봉 초의와
다산이 유학과 시문의
인연 맺은 것을

선禪이 교敎와 가슴을 서로 맞댄
인因이 과果와 어깨를 나란히 한
일지암, 그 일지암이
수종사水鍾寺를 유람했지

눈보라 속 일침 놓는 초의의 게송을
수종사의 풍경이 이따금 들려줘도
눈치를 채지 못하지,
함께 가지 않은 이는

유불선에 맛들인 다산이 초의에게
분별지를 내려봐라, 선문답 나눈 것을
그대가 아니었더라면
알 길이 전혀 없지

* 금당기주琴堂記珠 : 신헌申櫶(1811~1884)의 문집인『신대장군집申大將軍集』
권 5가『금당기주琴堂記珠』이다. 금당기주란 금당 신헌이 주옥같은 시문을
옮겨 기록했다는 뜻인데 '수종시유水鐘寺遊'에 초의가 수종사로 놀러간 전
후 이야기가 실려 있다.

제3부

보은산방

고산孤山

입씨름 즐기다 아차 하단 끝장인 걸
수준 높은 고산이 그 정도를 모를 리야
누구든 꼭 한 사람은
총대 매야 하나

원원게임 마다하고 제로섬게임 즐기는
당쟁으로 얼룩진 조선의 가슴을
눈 씻고 들여다봐도
영원한 승자 없어

고산과 입씨름한 재주 많은 우암尤庵이
보길도 바닷가에 오언절구 남긴 것은
역사의 아이러니라
아니할 수 없지

따지기 좋아하다 아차 하단 끝장이어도
그른 건 그르다 옳은 건 오르다
누군가 총대 매야만
조선이 성숙하나

* 고산孤山(1587~ 1671) : 이름은 윤선도尹善道이며 호는 고산孤山이다. 조선
  중기, 후기의 남인 중진 문신이다. 허목, 윤휴와 함께 예송 논쟁의 남인 주
  요 논객이다. 서인西人 송시열에게 정치적으로 패해 오랜 세월 유배생활을
  하였다.

우암尤庵

걸리버 여행기의 소인국의 두 나라는
달걀을 어느 쪽으로 깨먹느냐는 문제로
전쟁을 마다 않는데
세자책봉에 상소라니

그 시절 상소가 한 마리 나비였어야
유배라는 태풍이 우암의 삶을 뒤집었으니
주상의 비위 건드리면
살아남지 못하는데

제주도 유배길에 백련사가 붙들어
한담을 나누는 걸 저 느티나무는 알거야
무어라 이야기를 나눈지
하나도 빠짐없이

우암이 흘리고 간 슬픔의 잔해가
백련사 어딘가에 묻어 있지 않을까
내 눈에 띄지 않으나
어딘가에 묻어 있어

백도리 바닷가 글씐바위에 새긴
우암의 오언절구 파도가 읽고 가는데
백련사 어딘가에도
뭔가 남아 있겠지

* 우암尤庵(1607~1689) : 이름은 송시열宋時烈이며 호는 우암이다. 노론老論
  의 영수인 우암은 조선 후기의 문신이자 학자로 1674년 2차 예송논쟁에서
  서인들이 패하자 파직, 삭출되었다. 1689년 왕세자 책봉 때에 왕세자 책봉
  문제에 시기상조라는 상소를 올렸다가 지주도로 유배되었다. 국문鞫問을
  받기 위해 서울로 압송 중 정읍에서 사약을 받았다.
* 백도리 : 완도군 보길도에 소재하고 있다. 우암이 제주도 유배길에 들렸던
  곳으로 바닷가 바위에 오언절구가 새겨져 있다.
  팔십삼세옹八十三歲翁 여든셋 늙은 몸이
  창파만리중蒼波萬里中 멀고 찬 바다 한 가은데 있구나
  일언호대죄一言胡大罪 한 마디 말이 무슨 큰 죄일까
  삼출역운궁三黜亦云窮 세 번이나 쫓겨나니 역시 궁하다
  북극공첨일北極空瞻日 북녘 하늘 해를 바라보며
  남명단신풍南溟佪信風 남쪽바다 바람 잦기만 기다리네
  초구만은재貂裘萬恩在 담비갖옷 내리신 옛 은혜에
  감격읍고충感激泣孤衷 감격하여 외로이 흐느껴 우네

공재恭齋

그대가 일생 이룬 업적은 차치하고

고산에서 다산까지 가계도만 봐도 알아

세상에
조선이란 한지에
큰 획은 다 긋다니

자화상 하나만도 결론이 안 나는데

가문이 이룬 영광 어찌 다 나열하지

도대체
이런 가계가
조선에 어디 있나

* 공재恭齋(1668~1715) : 이름은 윤두서尹斗緖이며 호는 공재恭齋이다. 고산
孤山의 증손이자 다산의 외증조부로 조선의 대표적인 화가이다.

반계磻溪

반계수록 없으면 성호사설 없는 것을
성호사설 없으면 경세유표 없는 것을
반계가 실학의 비조란 걸
모르는 사람 없지

벼슬보다 중요한 게 목숨인 걸 깨달았지
입신양명 뒤로하고 초야에 묻히다니
괜스레 나섰다가는
목숨이 검불인 걸

임진왜란, 병자호란에 주저앉은 조선을
다시 일어나도록 반계수록 낳았지
백성을 구휼하는 길
균전제에 있다면서

로열티를 받아도 시원치 않을 판에
경자유전耕者有田, 병농일치兵農一致 다양한 치료약을
세상에 임상실험도
해보지 못했어야

조선의 고질병을 치료하는 처방전이
반계수록이라는 걸 모를 리 없건마는
사용할 생각도 않고
사장시켜 버리다니

반계수록 있었기에 성호사설 있는 것을
성호사설 있었기에 경세유표 있는 것을
반계가 실학의 비조인 걸
모르는 사람 없지

* 반계磻溪(1622~1673) : 이름은 유형원柳馨遠이며 호는 반계이다. 17세기 조
  선후기의 실학자이다. 『반계수록磻溪隨錄』을 저술하여 정치, 경제, 군사, 정
  부 등 국가 전반에 대한 총체적인 개혁안을 제시하였다. 성호星湖와 다산
  茶山에 이르는 실학의 기초를 마련하였다.

성호星湖

누구보다 본받을 게 많은 산인 다산이
누구보다 본받은 게 많은 호수가 성호이지
다산을 들여다보니
성호가 젖어 있어

경세치용의 별빛이 이용후생의 별빛이
성호에 드나들며 새 세상 낳은 것을
달빛도 어우러져서
뒷바라지한 것을

성호사설이 다산에게 상위수리象緯數理 가르치고
백언해百諺解가 다산에게 백언시百諺詩 낳게 하니
성호가 없었더라면
가당찮은 일이지

살아생전 한 번도 뵌 적 없는 다산에게
질곡에서 벗어나도록 경학의 물길 잡아주니
반계의 뒤를 이어받은

실학의 산파이지

실사구시, 이용후생, 경세치용이란 말들이
성호에게 빚진 것을 뒤늦게 깨닫다니
경학도 인과의 법칙에서
벗어나지 못하는 걸

누구보다 본받을 게 많은 산인 다산이
누구보다 본받은 게 많은 호수가 성호이지
다산을 거슬러가니
성호가 눈에 띄어

* 성호星湖(1681~1763) : 이름은 이익李瀷이며 호는 성호이다. 조선후기의 대
표적 실학자이다. 일생 동안 반계磻溪의 학문을 천착하고 정리하면서 자신
의 학문을 완성했다. 평생 두문분출하며 학문에만 몰두하였던 성호의 식견
은 넓고 깊어 천문, 지리에서부터 일반 민속에 이르기까지 통하지 않은 바
가 없었다. 다산이 조선의 실학을 집대성하는 데 크게 영향을 끼쳤다.

원교圓嶠

근엄한 백련사 대웅보전 현판과
만경루 현판에 가부좌 튼 글자를
도대체 누가 낳았나,
이따금 궁금했지

제주 유배길에 추사가 시비를 건
대둔사 대웅보전 현판과 형제라니
원교圓嶠가 낳았다는 말이지,
유배로 생을 마친

동국진체 대중화시킨 원교 이광사를
추사가 한 번 건드려 본 것이지
생전에 시비 못 걸고
가신 뒤에 걸었으니

서예의 걸음마를 가르치고 가르치느라
사의재에서 초동들과 씨름하던 열수가
원교를 부러워했지,
열혈 제자 적소에 둔

시비를 건 추사의 객기가 꺾인 것도
동국진체 맛이 어떤 맛인지
뒤늦게 깨달아서지,
그야말로 진실로

* 원교圓嶠(1705~1777) : 이름은 이광사李匡師이다. 서화가로 정제두鄭齊斗에
게서 양명학陽明學을 배웠고 윤순尹淳의 문하에서 필법을 익혔다. 동국진
체의 서체를 대중화시켰다. 백부의 진유사·건에 연루되어 부령과 신지도에
서 유배생활을 하다가 생을 마감했다. 저서로 『동국악부』, 『원교집선』, 『원
교서결』 등의 저술로 서예중흥에 이바지하였다.
* 동국진체 : 중국의 것을 모방하지 않고 우리의 정서에 맞게 개발된 한국적
서체로 옥동玉洞 이서李緖(1662~1723)로부터 시작되었다고 한다.

순암順菴

단 한 번도 과거에 응시 않은 그 고집이
성리대전性理大全 분석하고 치통도治統圖를 낳았지
성호를 만난 뒤에는
경세치용 꿈꾸다니

우리나라 역사의 자존심을 세우는데
한 몫을 단단히 한 동사강목東史綱目 낳느라
허투루 살아본 적 없는
모범적인 고집인 걸

경학 해석은 주자도 틀릴 수 있다며
이황도, 이익도 틀릴 수 있다며
가만히 있지 못하는
겁 없는 고집이지

사위를 잡아먹은 신해박해辛亥迫害 당한 뒤에
천학고天學考와 천주문답天主問答 서둘러 낳은 것도
가문을 구하기 위한
대책만은 아닌 것은

이익의 추천으로 동몽교간童蒙敎官 시작으로

동지중추부사同知中樞府事에 오르고 광성군廣成君에 봉
해지나

경학이 벼슬보다도

몇 수준 높은 것을

번암樊巖

– 번암 채제공 만사樊巖蔡濟恭輓詞

조선의 시운이 그것밖에 안 되는가,
고금에 유례없는 하늘이 낸 호걸이라
다산이 만사輓詞를 지어
슬픔에 답하다니

유일하게 믿을 수 있는 신하는 번암뿐이다,
영조가 정조에게 귓속말을 다 한 것을
번암은 축성도감 맡아
화성을 총괄했지

번암의 무덤 앞에 뇌문비誄文碑도 빛나지만
백저행白紵行 시 한 수도 길이길이 빛나는 걸
아내가 모시옷 짓다
못 마치고 떠났다지

화부화花復花가 목화木花인 걸 잘 아는 번암이
과거 볼 사내에게 다 가르쳐 주었다지
번암이 봉분 속에서
재주를 부린 거여

조선의 시운이 그것밖에 되지 않은가,
백년 가도 이 세상에 그분 기상 없을 테니
다산이 만사輓詞를 지어
슬픔에 답하다니

* 번암樊巖(1720~1799) : 이름은 채제공蔡濟恭이며 호는 번암樊巖이다. 정조
  의 사부로 영·정조 시대 노론 일색의 조정에서 남인으로 중용되어 영의정
  을 지냈다.
* 뇌문비誄文碑 : 왕이 신하의 죽음을 애도하여 쓴 글을 새긴 비이다.
* 백저행白紵行 : 모시옷을 짓다가 마무리하지 못하고 생을 마친 아내를 위하
  여 번암이 지은 시이다.

존재*存齋*

강진은 목민심서, 장흥은 만언봉사
강진은 다산초당, 장흥은 다산정사
세상에 존재*存齋*의 존재*存在*를
뒤늦게야 알다니

임금의 귀 더럽힌 무엄한 것이라고
고향 말 쓴 만언봉사*萬言奉事*, 매도당하지 않았다면
경학의 지각변동이
조선에 있었을 텐데

옥과 현감 부임하여 향약을 실시하고
청렴하게 일했으나 고과*考課*에 걸렸다지
정조는 사직 상소에
귀 기울이지 않고

하고*下考*의 작은 슬픔이 중풍을 낳아
당당한 존재의 목숨마저 앗아가니
조선은 아까운 선비를
잃었다고 할 수 있지

장천재에 틀어박혀 후진이나 양성하며
경학을 연구하고 저술에 임했더라면
존재의 다산정사도
천고에 빛났을 걸

* 존재存齋(1727~1798) : 이름은 위백규魏伯珪이다. 본관은 장흥이고 자는 자
화子華, 호는 존재存齋, 계항거사桂巷居士이다. 저서로 『만언봉사萬言奉事』,
『환영지』, 『거병서去病書』, 『정현신보』, 『사서차의四書箚義』, 『격물설格物說』
등이 있다.

담헌湛軒

조선을 살리는 부국강병의 길이
이용후생에 있음을 설파하고 설파했지
연암燕巖을 너무도 잘 따르는
백탑파白塔派 젊은이들에게

중국 가서 익힌 것을 무상으로 나누었지
귀동냥만 하여도 업그레이드되는 것을
훗날의 규장각 검서관들이
귀를 곤두세웠으니

의산문답醫山問答, 주해수용籌解需用 이 둘을 낳기 전에
태양의 위치를 혼천의로 관측했다니
모두 다 청이란 나라에
신세진 건 아니지

연암이 서문을 쓴 필담록인 간정동회우록乾淨衕會友錄으로
국경을 넘나든 편지집인 일하제금합집日下題襟合集으로

누구도 넘보지 못할
민간외교 펼치다니

주류로 태어나서 비주류와 어울리며
하늘과 땅의 이치 먼저 터득하다니
양명揚名은 멀리하면서
수분守分으로 전신全身하였지

* 담헌湛軒(1731~1783) : 이름은 홍대용洪大容이다. 본관은 남양南陽이며 자
  는 덕보德保이다. 호는 담헌湛軒, 홍지弘之이다. 북학파 학자인 박지원朴趾
  源, 박제가朴齊家 등과 교유하였다. 과학자로서 지전설地轉說과 우주무한론
  宇宙無限論을 주장하였다.

녹암鹿菴

정헌貞軒에게 뒤질세라 녹암鹿菴마저 길 떠나니
한 집안의 비운 아닌 조선의 비운이지
세상에 옥사한 뒤에
저자에 목을 베다니

장독杖毒으로 생을 마친 아우 직암稷庵만으로도
감당하기 어려운 큰 슬픔을 겪었거늘
당할 줄 뻔히 알면서
그 길을 택하다니

성호星湖의 대를 이은 성호 우파 순암順菴이
녹암의 아우를 사위로 삼은 뜻은
그 형에 그 아우라는 걸
잘 알기 때문이지

이단이라 불린 서학까지 포용한
문예군주 정조의 세손시강원 스승으로
노비의 해방은 물론
평등 세상 꿈꾸었지

성호의 애제자로, 안정복의 사제師弟로
양명학의 앞길을 영육靈肉으로 내다가
우연히 이벽의 권유로
천주학을 만났지

천주학, 천주학, 천주학이 무엇이기에
목숨을 담보하고 천주학을 사수했나
한 발짝 물러섰다가
뜻을 펼칠 일이지

* 녹암鹿菴(1736~1801) : 이름은 권철신權哲身이다. 본관은 안동이다. 권일신
  權日身의 형이다. 성호 이익의 애제자이다. 이승훈의 소개로 천주교를 알게
  되었다. 천주교를 묵인하던 채제공蔡濟恭과 정조가 죽은 뒤에 노론 벽파의
  집권으로 천주교도에 대한 박해가 재개되어 1801년(순조 1) 신유박해로 정
  약종과 함께 체포되어 고문을 당했다. 사형 언도 받은 뒤에 옥중에서 장독
  杖毒으로 죽었다.
* 직암稷庵 : 권일신權日身의 호이다.
* 순암順菴 : 안정복安鼎福의 호이다.

연암燕巖

입신양명立身揚名과 거리가 먼, 멀어도 상당히 먼
오기로 똘똘 뭉친 남다른 선비인 걸
스스로 수숙풍찬水宿風餐하니,
누구도 못 말리지

이덕무, 박제가의 유득공, 이서구의
젊은 피 수혈 받아 생각은 트였으나
시작은 미관말직이고
끝은 양양부사였지

패사소품稗史小品 열하일기 당당하게 낳아서
문체반정 자초하나 가까스로 살아남지
정조가 아니었다면
끝장나고 말았을 걸

정조의 명에 따라 과농소초課農小抄 올리면서
늦었으나 자신 구할 수분전신守分全身 일삼았지,
담헌이 앞서가면서
귀엣말로 전해준

소나기를 피해 갈 선비라 해야 맞나
소나기를 맞고 갈 선비라 해야 맞나
그 놈의 성질만으론
순정고문醇正古文 따를 리가

아정雅亭

두 눈만 실명했으면 조선의 보르헤스인데
실명치 않은 탓에 초정에게 밀려났지
만약에 실명했다면
맡아놓은 당상인데

병풍처럼 늘어세운 논어로 외풍 막고,
물고기 비늘처럼 잇댄 한서 이불 삼아
겨울을 이겨내다니
눈물 없인 못 듣겠지

형편없이 작은 방에 창문이 그리 많아
창문에 든 햇빛 따라 자리를 옮겨가며
서책과 연애하다니
끼니를 건너뛰고

연암의 집 건너편에 똬리 튼 인연으로
홍대용, 박제가와 유득공, 이서구와
한 시절 아삼륙으로
의기투합한 것을

서얼허통 발 벗고 나선 정조의 은혜 입어
규장각 검서관으로 날개를 달았지
임금의 그늘 아래서
고증학에 몸 단 것을

자신의 소전인 간서치전看書癡傳 썼는데
간서치전의 간서치란 책만 보는 바보라지
자호自號인 청장관靑莊館의 청장은
해오라기란 뜻이고

좋은 일은 잘 이루어지지 않는다는 말이 있지
정조가 길 떠난 뒤 다시 돌아오지 않으니
모든 게 물거품이 되나
이제야 빛나다니

* 아정雅亭(1741~1793) : 이름은 이덕무李德懋이다. 본관은 전주, 자는 무관懋
官, 자호는 아정雅亭, 청장관靑莊館이다. 조선 후기의 실학자로 규장각에서
검서관으로 활동하면서 고증학을 바탕으로 한 많은 저서를 남겼다. 박제가
朴齊家, 유득공柳得恭, 이서구李書九와 함께 『건연집巾衍集』이라는 시집을
내어 문명을 중국에까지 떨쳤다.

정헌貞軒

다산이 혀를 내두른 천재가 정헌이지
성호의 종손이며 이승훈의 외숙이여
도대체 무얼 잘못해
장살을 다 당하나

조선에서 무고하게 죽은 이가 많다마는
정헌보다 아까운 이 찾아내기 힘들지
당쟁에 걸려들었단
내 목숨도 내꺼 아녀

이용후생만이 살길인 힘이 없는 조선에
기하학의 씨가 다 말라버린 것을
당쟁이 조선을 구할
인재마저 앗아가니

하늘이 무고한 그를 구해내지 못하다니
입이 열 개라도 변명할 길이 없어
운명이 내동댕이치면
얼른 받아내야지

다산이 혀를 내두른 천재가 정헌이지
탕평만이 살길인 조선 구할 재목이
세상에 쓰이지 못하고
장살로 꺾이다니

* 정헌貞軒(1742~1801) : 이름은 이가환李家煥이다. 본관은 여흥이며 자는 정
조廷藻 이다. 호는 정헌貞軒, 금대錦帶이다. 1791년 신해박해 때 천주교도
로 몰려 체포되었다가 석방된 뒤에 광주부윤이 되어 천주교도를 탄압하는
데 앞장섰다. 개성유수, 형조판서를 지내다가 1795년 주문모周文謨 신부 사
건 때 충주목사로 좌천되어 이곳에서도 천주교도들을 박해했다. 1801년 신
유박해 때 사학의 괴수라는 혐의로 투옥되어 옥사했다.

인재靭齋

간서치 이덕무의 처남으로 무신이지
매형을 보면 처남도 알 수 있지
문文과 무武, 둘 중 하나로
나라가 설 수 없지

백동수의 칼은 칼붓으로 살고
이덕무의 붓은 붓칼로 살아야지
문무文武가 하나일 때에
나라가 바로 서지

증조부는 병마절도사兵馬節度使, 아버지는 절충장군折
衝將軍
바통 받은 무인의 피, 유전자는 못 속이나
무과에 급제하고도
낙백落魄 시절 거치다니

정조 즉위년에 부사용副司勇을 시작으로
순조 십 년에 군기부정軍器副正에 제수됐지
그 사이, 벼슬하다가

영재冷齋

청출어람靑出於藍 꿈꾸는 푸르디푸른 날에
박지원 만났으니 이보다 좋을 수가
더불어 홍대용 만나
생각이 트인 것을

학식 높은 규장각검서 이덕무李德懋, 박제가朴齊家,
이서구李書九와 함께하니 시너지가 만만찮아
스승인 박지원까지
뒤에서 밀어주니

유독, 유득공柳得恭만이 발해에 빠지다니
발해에 빠지더니 뭔가 들고 나오다니
'발해고' 하나만으로도
누구보다 큰일 한 걸

증조부가 서얼이라 외조부가 서얼이라
자신도 서얼이라 그게 어디 말이 되나
생원시 합격하고도
벼슬 제한받다니

웃기는 땅콩인 조선이란 사회에
이십일도회고시二十一都懷古詩 낳은 백탑파 유득공이
어제인 홍재전서의
교열을 맡았다지

경행방 삯바느질로 자식을 키워낸
맹모삼천 실현한 어머니 두었기에
발해고 태어난 거지,
남북국시대 알리는

* 영재泠齋(1748~1807) : 이름은 유득공柳得恭이다. 조선 후기 문신으로 사
  상가이자 역사학자이며 실학자이다. 본관은 문화文化, 자字는 혜보惠甫, 혜
  풍惠風, 호는 영재泠齋, 영암泠菴이다. 『발해고』를 저술한 역사가로 발해
  사를 한국사로 인식하기 시작한 학자이다.

초정 楚亭

조선의 보르헤스가 초정인 게 분명하지
실명한 보르헤스에 가장 근접하였으니
문물의 보물창고인
'북학의' 낳은 것을

서얼이란 장애물을 뛰어넘기 전에는
굴원의 이소경 離騷經으로 울분을 달랬지
다행히 정조를 만나
날개를 펼치다니

연암의 초가에서 그야말로 의기투합한
백탑의 친구들이 규장각에 함께하니
행운이 이런 행운이
어디 있단 말인가

운명이 그들을 갈라놓은 뒤에도
부국강병의 길에 이용후생 부르짖으며
북학의 낳은 것을 보면,
제왕절개 분명 아닌

기회를 줬다가도 빼앗는 게 하늘이나
노론에게 공을 넘겨 '북학의' 사장되다니
서학이 눈보라 되어
종성까지 내몰면서

* 초정楚亭(1750~1805) : 이름은 박제가朴齊家이다. 자는 차수次修, 재선在先
  이며 호는 초정楚亭이다. 1776년(정조 즉위) 이덕무李德懋, 유득공柳得恭,
  이서구李書九와 함께『건연집(巾衍集』이란 사가시집四家詩集을 내어 중국에
  '조선의 시문 사대가'로 알려진 조선 후기의 실학자이다.

직암稷庵

녹암鹿巖의 아우이고 순암順菴의 사위이니
어떤 인물인지 물어볼 필요 없지
그 인물 수표로 치면
보증수표 틀림없어

이벽과 어울리다가 천주학을 따르더니
가성직자계급假聖職者階級의 주교로 사목활동 펼쳤었
지
을사년乙巳年 추조적발秋曹摘發로
잠시 기가 꺾이지만

윤지충尹持忠, 권상연權尙然이 제사를 폐한 일로
신해박해辛亥迫害 맞이하여 유배형을 받았지
하늘은 순진한 직암을
시험에 들게 하니

군신유의 못지않은 부자유친의 나라에서
노모를 위하여 배교까지 하지만
장독杖毒에 촉을 못 쓰고

생을 마감하다니

순암順菴이 천학고天學考, 천학문답天學問答 낳은 것은
성호의 뜻을 따른 서학西學의 배척인가
사위를 위기에서 구하려는
순간의 재치였나

기울어가는 조선을 바로 세울 직암稷庵마저
척사위정의 칼날에 무참히 쓰러지니
이 보다 안타까운 일이
어디 있단 말인가

* 직암稷庵(1751~1791) : 이름은 권일신權日身이다. 자는 성오省吾이며 직암
稷庵, 이암移庵이다. 영세명은 프란시스 사비에르이다. 형은 신유사옥辛酉
邪獄으로 중국인 주문모周文謨 신부와 함께 처형당한 권철신權哲身이다.
* 순암順菴 : 안정복安鼎福의 호이다.

정조正祖

- 어수지계魚水之契

사도세자가 뒤주에서 생을 마감하였으니
가슴에 널린 슬픔 무엇으로 쓸어내나
권좌에 진수성찬도
아무 맛이 없는 걸

슬픔을 몰아낼 겨를이 어디 있나
목숨을 노리는 무리들이 건재하니
마음을 놓지 못하여
병이 깊을 수밖에

슬픔과 위기에서 벗어나는 길 찾더니
규장각 설치하고, 검서관 임명하고
밤 새워 책을 만나다니
백성들 배 불리려

건재하는 위기를 탕평으로 벗어나려
가슴에 널린 슬픔 화성으로 쓸어내려
다산과 함께하다니
장용영壯勇營도 설치하고

사도세자가 뒤주에서 생을 마감하였으니
가슴에 널린 슬픔 무엇으로 쓸어내나
권좌에 금은보화도
도움이 안 되는 걸

---

* 정조正祖(1752~1800) : 이름은 이산李祘이며 호는 홍재弘齋이다. 영조의
  손자이고, 아버지는 장헌세자莊獻世子 즉 사도세자이다. 어머니는 영의정
  홍봉한洪鳳漢의 딸 혜경궁 홍씨惠慶宮洪氏이다.
* 어수지계魚水之契 : 훌륭한 임금과 어진 신하가 잘 만나 서로 존경하고 믿
  으며 나라를 제대로 다스리는 경우를 '어수지계魚水之契'라 한다.

강산薑山

연암의 초가에서, 아정의 구서재九書齋에서
보고 듣고 배운 것이 몇 가마 몇 되일까
가만히 앉아 있어도
일취월장日就月將 가능하지

영재와 청장관, 초정의 엑기스를
다 합한 게 강산이라면 턱없단 말 들을라나
가까이 지내다보면
비슷해지는 것을

규장각 검서관이 누구 애기 이름인가
연암의 제자들이 모두 다 함께하다니
강산이 맨 마지막에
바통을 받았으나

사가시인四家詩人 가운데 그늘 없는 강산은
생각을 달리하면 주저 없이 밝혔다지
뒷말을 안 하는 것이
선비 된 도리이니

간서치 아정이 강산에게 보내준
유형원의 반계수록, 허준의 동의보감
한 구절 놓치지 않고
가슴에 담았겠지

시샘 많은 반대파가 사가시인 갈라놓은 뒤
서학에 연루되어 유배당한 강산만이
모두가 기운 뒤에도
벼슬길 복귀하니

그대 올 줄 알고 나는 앉아 기다리노라
그대 날 보게 되면 문득 놀라리라
이따금 영재의 시로
세월을 다독이며

* 강산薑山(1754~1825) : 이름은 이서구李書九이다. 자는 낙서洛瑞이며 호는·
  강산薑山, 척재惕齋이다. 조선 후기 '한문학 신파 4대가' 중의 한 사람이
  다. 저서에 문집 『강산집』, 『척재집』이 있다.
* 사가시인四家詩人 : 박제가, 유득공, 이덕무, 이서구 네 사람을 가리킨다.

광암曠庵

정약현의 반신半身이 이벽의 누이이고
이승훈의 반신半身이 정약현의 누이이니
이벽은 이승훈에게
처남의 처남이지

주자학을 섬기는 구태의연한 조선에다
천주학을 수혈하느라 눈코 뜰 새 없었지
그 시절, 천진암天眞庵과 주어사走魚寺
강학회講學會의 주역인 걸

조선 천재 이가환과 입씨름 마다 않고
권일신權日身, 권철신權哲身, 정약용을 입교시키다니
머리에 무엇이 들어
머리 좋은 선비들을

다산이 정조에 답한 중용강의 80조항도
이벽이 거들었다고 다산이 이실직고하였지
다산과 어울려 다니며
천주학도 물들이고

을사추조적발사건乙巳秋曹摘發事件으로 품은 뜻이 꺾일
줄이야
　부자유친父子有親의 나라에서 목숨 던진 아버지를
　받아낼 재간이 없으니
　고민이 깊었겠지

　서른셋의 짧은 생이 성교요지聖敎要旨 남기니
　구세관救世觀과 정도관正道觀 맛볼 수 있으나
　더 오래 버티었더라면
　맛볼 게 더 많았지

* 광암曠庵(1754~1786) : 이름은 이벽李檗이다. 본관은 경주, 자는 덕조德操
　이며 호는 광암曠庵, 영세명은 세례자 요한이다. 젊은 시절에는 경학經學을
　주로 공부했으나 남인 학자들과 교유하다 주자학 이념의 모순을 깨닫고 새
　로운 사상을 모색하였다. 천주교 신자가 되어 포교에 힘써 우리나라 천주
　교 전래에 크게 기여했다.
* 을사추조적발사건乙巳秋書摘發事件 : 1785년 을사년 봄에 형조刑曹의 금리
　禁吏들이 명례방明禮坊에서 모임을 갖던 천주교도들을 적발하여 체포한 사
　건이다. 이승훈李承薰, 이벽李檗, 정약전丁若銓, 정약용丁若鏞, 권일신權日
　身 등이 김범우金範禹의 집에 모여 이승훈의 천주교 교리 강론을 듣고 있
　었다. 모임에 참가한 이들이 체포되고 천주교 서적과 성화상聖畵像이 압수
　되었다. 집주인 김범우만을 가두고 나머지 사람들은 훈방되었다. 이 사건의
　여파로 이벽, 이승훈 등은 배교하게 되고, 김범우는 유배생활 1년 만에 고
　문 후유증으로 사망하여 조선 천주교회 최초의 순교자가 된다.

만천蔓川

– 베드로 이승훈

이승훈 베드로는 교회의 반석이지
처가를 잘 둔 건지, 처가를 잘못 둔 건지
죽어서 이름은 남겼으나
명대로 못 살았으니

손아래 처남이 열수 정약용이요
처조카 사위가 황사영이 아니던가
서학이 아니었다면
시문詩文으로 만났겠지

동지사冬至使 서장관書狀官인 부친 따라 북경에 가
예수회 신부에게 세례를 받았다지
조선의 첫 세례자라니
하늘의 섭리인 걸

목숨이 위급할 때 벽이문闢異文을 지어
큰 흠집인 배교도 마다하지 않았으나
나중엔 월락재천수상지진月落在天水上地盡
읊으며 떠나다니

180

처남인 정약종은 온 가족이 순교하나
이승훈은 아들, 손자 증손까지 순교한 걸
조선에 두 집안만으로도
순교의 탑 가능하지

일가친척 사이에 서학이 끼지 않았다면
양명한 문신으로 영화를 누렸겠지
그 시절 서학을 만나
모든 게 달라진 걸

* 만천蔓川(1756~1801) : 이름은 이승훈이다. 호는 만천蔓川이며 영세명은 베
  드로이다. 조선 최초의 세례자이다.
* 월락재천수상지진月落在天水上地盡: 달은 비록 서산에 지더라도 하늘에 남
  아 있고 물이 비록 연못 위로 솟아도 그 연못 속에 온전히 존재한다.

윤단尹博

사람을 알아보는 재주 하난 똑 소리 나
경학의 달인인 걸 한 눈에 알아보다니
조선의 메디치가가
이 집안이 분명하지

사람을 알아보는 재주가 있다 해도
마음씨가 안 고우면 도울 생각 안 하겠지
슬픔을 마무리 짓도록
윗자리에 모시다니

두물머리 강물에 잠 못 이룰 다산에게
구강포 앞바다를 데려다 주다니
아홉이 하나이기에
딴 생각할 틈이 없지

잊어야, 잊어 버려야 슬픔일랑 모두 다
다산 몰래 앞바다에게 당부를 하다니
슬픔을 덜어내는데
일등공신인 것을

그 많은 저서들을 잉태할 수 있도록
그 많은 저서들을 순산할 수 있도록
후견인 노릇하는데
재미를 붙이다니

* 윤단尹慱(1744~1821) : 호는 귤림橘林처사이다. 자신의 손자들 교육을 위하
여 자신이 책을 읽으며 지냈던 정자를 다산에게 내어준 분이다. 그 정자가
있던 곳이 바로 다산초당이다.

문산文山

잘못했단 구설수에 오를 수도 있건만
모든 걸 감수하고 다산의 벗이 되니
다산의 유배살이가
활기를 되찾았지

누릿재 넘나들며 시문을 나누고
논쟁을 일삼은 걸 월출산이 다 본 걸
그대가 시문에 취해
돌아오는 모습도

굴동으론 부족해서 마재까지 찾아가서
못 다한 시문에다 격론까지 벌이니
당색을 멀리한 마음이
바다만 한 걸

만나면 인의예지 인성논쟁 벌였으나
부동화이不同和而 이룬 것은 시문의 덕택이지
거의 다 안 빠뜨리고
이산창화집二山唱和集이 기억해야

* 문산文山(1772~1839) : 이름은 이재의李載毅이다. 자는 여홍汝弘이며 호가
  문산文山이다. 1801년(순조 1) 생원시에 3등으로 합격했다.
* 이산창화집二山唱和集 : 다산의 유배시절 문산文山과 주고받은 시가 실려
  있다.

천초天初

- 문순득文淳得

표해시말 낳은 이는 정약전이 분명하나
운곡선설 낳은 이는 이강회가 분명하나
구술은 그대가 했으니
두 분은 대리모여

하늘이 그대를 파도에게 일임하니
하늘이 그대를 바람에게 일임하니
그대는 머나먼 나라들을
여행 한번 잘했지

그대를 가선대부로 임명하는 교지는
그대의 가문을 빛내는지 몰라도
그대의 다부진 눈빛은
이용후생 이루었으니

목숨을 부지하려 다들 정신없을 때에
그 많은 문물들을 눈빛에 담아오다니
조선이 빗장을 풀 사연이
두 저서에 담겨 있어

표해시말 태어나려, 운곡선설 태어나려
자의이든 타의이든 절해고도에 모이다니
하늘은 알 수가 없어,
남의 처지 고려 않는

* 천초天初 : 흑산도 먼 바다에서 표류해 일본, 필리핀, 중국을 경유해 돌아온
  문순득을 정약전이 천초라 불렀다. 천초는 '세상에 처음 있는 일'이란 뜻이
  다.

완당阮堂

제주바다 건너기 전 깨닫지 못한 것을
제주바다 건넌 뒤에 깨달은 게 있어야
적소의 기나긴 밤이
사람을 가르치나

원교圓嶠가 쓴 大雄寶殿, 현판에 시비 걸며
떼어내라 큰소리 친 추사가 해배 길에
편액을 원위치 시키라
초의에게 말했다지

함부로 뱉은 말이 비수가 되었다가
결국은 자신에게 돌아오기 마련이여
그 비수, 뽑아내야만
마음이 편한 것을

해동천재, 추사가 자존심을 구겨가며
함부로 뱉은 말을 주어 담느라 바빴겠지
백설당白雪堂, 무량수각無量壽閣이
그 내막을 알고 있어

188

겁이 없는 추사를 자숙하게 한 것은
사나운 바다인가, 적소의 긴 밤인가
깐깐한 조선의 선비를
세월이 가르치나

* 완당阮堂(1786~1856) : 이름은 김정희이다. 본관은 경주이며 자는 원춘元
  春, 호는 완당阮堂, 추사秋史, 예당禮堂, 시암詩庵, 과파果坡, 노과老果, 보
  담재寶覃齋, 담연재覃研齋이다. 조선 후기의 문신으로 북학파北學派에 속한
  다. 경학, 금석학, 불교학 등 다방면에 걸쳐 학문 체계를 수립했으며 서예에
  도 능하여 추사체를 창안하였다.
* 원교圓嶠 : 조선 후기 서예가인 이광사李匡師의 호이다.

완당阮堂

– 대정 밤바다

몰려왔다 물러나고 물러갔다 다시 오는

파도의 몸부림을 내 필체 삼아야지

세상에
변하지 않는
이치가 바로 저것

솟구쳤다 가라앉고 또다시 솟구치는

파도의 몸부림을 붓끝에 실어야지

옷깃을
여미게 하는
저 달이 생의 좌표

완당阮堂

－ 추사체

1

영육이 함께해야 생명이라 불리우듯

시서화詩書畵 하나인 것 왜 다들 모르는가

괴怪라니
시로 쓴 것을
다시 시로 그린 것을

2

바다도 이따금 돌아보며 물러나듯

망설이지 않는 이는 세상에 드물지

누구나
거리낌 없이
휘두를 순 없는 거야

초의艸衣

완당 한 분만으로도 성공한 삶이거늘

소치까지 두었으니 더 바랄 게 뭐가 있나

다산이
스승이시니
이런 복이 또 어디에

일지암 명당에 똬리를 틀고서

유불선儒佛禪에 다茶까지 챙길 건 다 챙겼지

저승에
머무르시며
할 일 없어 어떡하나

* 초의艸衣(1786~1866) : 속성은 장씨이며 법명은 의순意恂, 호는 초의艸衣
이다. 이름은 장의순張意恂이며 호는 초의艸衣이다. 1786년(정조 10) 전남
무안군 삼향면 왕산리에서 태어났다. 일지암一枝庵은 재호齋號이다. 15세에
나주 남평에 있는 운흥사로 출가 19세에 대둔사大芚寺 완호玩虎스님에게
구족계具足戒를 받았다. 유배중인 다산茶山으로부터 유학과 시문을 배웠으
며 추사 김정희金正喜와 종교를 초월하여 교유하였다. 초의의 문하에서 그
림을 배운 이가 소치小痴 허련許鍊이다. 저서로『동다송東茶頌』, 『다신전茶
神專』 등이 있다.

혜장惠藏

1

능엄경 하나로도 마음공부 끝나는데

주역에 맛을 들여 벗어나지 못하다니

누구든
못 벗어나야,
달싹 않는 탐진치貪瞋癡를

2

유불선儒佛禪 앉혀 놓고 이따금 대작하니

한 몸으로 셋을 감당하기 쉽지 않지

결국은
술에 절어서,
생을 앞당기다니

* 혜장惠藏(1772~1811) : 속명은 김팔득金八得이다. 자는 무진無盡, 호는 연파
  蓮坡이다. 혜장惠藏은 연담유일蓮潭有一과 운담정일雲潭鼎馹의 가르침을
  받고 두륜산 대흥사에서 강석講席을 맡았었다. 『주역』, 『논어』를 즐겨 읽고
  변려문을 잘하였으며 성리학에도 뒤어났다. 다산의 유배 당시 백련사의 주
  지로서 다산과 교유하였다. 다산이 아암兒菴이란 호를 지어 주었다. 『아암
  유집兒菴遺集』을 남겼다.

다산茶山

슬픔의 허리띠를 단단히 매야지

삶이라는 바지가 흘러내리지 않게

누구도
나의 슬픔을
대신할 수 없으니

슬픔의 허리띠를 풀 생각을 말아야지

깨지 않는 깊은 잠 들 때를 제외하고

슬픔이
한 몸인 것이
오히려 편한 것을

소치小痴

목숨을 걸어야 할 위태로운 제주 바다

한 번도 아니고 세 차례나 다녀왔지

죽음을
불사할 것이
완당阮堂에게 있었던가

압록강 동쪽에서 소치 따를 자 없다

칭찬이 인색한 완당阮堂이 평했었지

남종화,
목숨 담보한
구도의 길인 것을

* 소치小痴(1809~1893) : 이름은 허련許鍊이다. 전남 진도 출생으로 사대부
  화가이다. 호는 소치小痴, 노치老癡, 석치石癡, 연옹蓮翁 등이 있으며 당나
  라 시인 왕유王維의 자를 딴 마힐摩詰도 있다. 스승인 완당阮堂을 만나러
  제주바다를 몇 차례 건넜다.

학림鶴林

— 이청

치원과 더불어 일사이적의 읍중제생으로
일사이적의 뒷바라지하느라 눈코 뜰 새 없었지
이청이 아니었다면
여유당전서 가벼웠을 걸

정관편井觀編을 찬한 그가 과거와는 멀었어도
일사이적의 슬픔을 덜어내는 데 일조했지
저 멀리 현산어보도
손을 내밀었으니

유암의 운곡선설도 손 내민 게 분명하지
내민 손을 뿌리친 적 단 한 번 없는 그의
행적이 묘연한 것은,
일사이적의 그림자가

슬기로운 그의 시가 기안氣岸이 부족하다고
두릉의 여유당전서가 안타까워하는 것을
이제껏 안부를 몰라
다들 안절부절못하는데

이상적의 은송당집恩誦堂集도 소식을 전해줘야
별들과 어울리던 성질 급한 이청이
우물에 뛰어들다니,
이태백이 무색하게

* 학림鶴林(1792~1861) : 이름은 이청이다. 다산의 읍중 제자로 자는 학래鶴
  來 호는 금초琴招, 학림鶴林, 청전靑田이다.

제4부

다산초당

여유당與猶堂

조선의 레오나르도 다빈치 다산이란 사내에게
걸음마 시킨 분이 그대인 게 분명하지
세상에 내던져 놓고
희로애락喜怒哀樂 함께 했어

겨울 내를 건너듯 걸어야 하는 세상에서
누군가의 발에 걸려 곤두박질 칠 때는
가슴을 쓸어내렸지,
손도 못 잡아주고

일사이적의 슬픔으로 주저앉을 때는
몸을 안 아끼며 정화수에 매달렸지
슬픔을 마무리하고
거뜬히 일어나도록

적소에 안치되어도 사내는 사내이니
경학에 덜미 잡혀도 사내는 사내이니
뒤늦게, 사랑의 증표인
하피霞帔마저 보내다니

조선의 레오나르도 다빈치 다산이란 사내의
마지막 잠자리 마련한 분도 그대이지
다시는 일사이적에
가위눌리지 않는

동문매반가東門賣飯家

– 사의재四宜齋

그대가 아니었다면 여유당전서는 샛강이지
그대가 있었기에 여유당전서는 바다이지
적소의 모든 사유는
시원이 그대라고

그대가 애써 차린 한 상 밥이 한 잔 술이
적소에서 처음 만난 북풍 같은 절망을
저만치 물리치다니,
딴 생각 못 하도록

알고 보니 그대는 시원 아닌 바다이지
모든 사유 받아주는 바다인 게 분명하지
주린 배, 부르게 하니
사람을 안 가리고

그대의 몇 마디가 한 사람을 살려내니
그대의 몇 마디가 한 사람을 깨우치니
적소의 기나긴 밤도
그리 길지 않았을 걸

그대가 아니었다면 여유당전서는 언덕이지
그대가 있었기에 여유당전서는 백두대간이지
적소의 모든 사유는
첫봉우리가 그대라고

* 동문매반가東門賣飯家 : 강진의 동문 밖 주막으로 다산이 처음 머물렀던 곳
  이다.
* 사의재四宜齋 : 동문매반가의 다산이 머물렀던 곳의 당호이다. 사의四宜란
  '네 가지를 마땅히 하리' 라는 결심이다. 생각은 마땅히 맑아야 하고, 용모
  는 마땅히 엄숙해야 하고, 언어는 마땅히 과묵해야 하고, 동작은 마땅히 중
  후重厚해야 한다는 뜻이다.

보은산방寶恩山房

코뚜레도 없고 고삐도 없는
주역을 다루느라 힘 부친 게 사실이여
학연과 학래가 있어
그나마 다행이지

주역의 마음을 조금이라도 사려면
조심스레 다가가 진솔하게 대해야지
비위를 거스르다간
받히기 마련이니

주역이란 짐승을 무엇으로 구슬릴까
다부진 삼근계가 고삐를 쥐고 있나
흑심만 품지 않으면
스스로 안기는데

마음을 열어야 모든 게 다가서지
마음을 열지 않으면 돌아서기 마련이지
하지만 눈치 빠른 주역이
다가오기나 할까

코뚜레도 없고 고삐도 없는
주역을 다루느라 힘 파인 게 사실이여
학연과 학래가 있어
두려울 게 없지만

이학래가 李鶴來家

— 가을비

현산어보에 나오는 이청이란 어른의
운곡선설에 나오는 이청이란 어른의
생가生家가 당신인 것을,
뒤늦게야 알다니

일사이적의 슬픔에서 못 달아난 다산에게
슬픔을 물리치고 경학으로 서도록
자리를 마련하다니,
목숨마저 담보하고

주역사전, 역학서언 두말할 것도 없이
시경강의보, 맹자요의 두말할 것도 없이
더불어 대동수경의
조산원이 되다니

규장각 다녀오려 길 떠나는 이청에게
무사히 다녀오라 노잣돈 쥐어줬지
당신이 없었더라면
백련사지 볼품없어

현산어보에 나오는 이청이란 어른의
운곡선설에 나오는 이청이란 어른의
생가가 당신이라니,
이보다 자랑스러울 수가

* 이학래가李鶴來家 : 동문매반가, 보은산방에 이어 다산이 머물렀던 제자 이
  청의 집이다.

다산초당茶山草堂

내 마음의 동문매반가를, 보정산방을 이학래가를
다산초당이 마중 나와 힘껏 안아주더라
동백꽃 잠이 깰 무렵
눈발 속에 찾아가니

눈발을 털어내며 추억의 서첩 펼치니
동암이 서암이 얼굴 내미는 것을
정석도, 연지석가산도
나이 든 다조도

저만치서 내 뒤 밟은 백련사가 함께하니
다신계첩 든 귤동이 헐레벌떡 달려오고
갈대밭 여인네 울음이
뒤따라오는 것을

모습들 그대로이나 빛이 바랜 가슴에
일사이적의 슬픔이 똬리 틀고 있어도
모두 다 꺼내지 않는 것은
슬픔이 덧날까 봐

추억의 서첩에 담긴 적소의 십팔 년을
대충대충 넘기어도 어깨가 아프기에
만남을 마무리 할 수밖에
눈발이 물러나듯

내 마음의 동문매반가를, 보정산방을 이학래가를
다산초당이 걸어 나와 힘껏 안아주더라
동백꽃 배부를 무렵
눈발 속에 찾아가니

서암西菴

— 다성각茶星閣

별빛을 찻물 삼아 심신을 닦으면서
모두 다 밤늦도록 배움을 청하다니
다산의 뒷바라지만 해도
저절로 배우는 걸

장기도 바둑도 상수와 상대하면
자신도 모르게 몇 단계 올라서지
다산과 함께했으니
수준을 알 수 있어

풀밭에서 뛰놀면 풀물이 드는 것을
진창에서 뛰놀면 흙물이 드는 것을
마음도 뛰노는 곳의
물이 들기 마련이지

다산이 내던진 과제만 붙들어도
다산의 구술을 일목요연 정리만 해도
저절로 공부가 되니,
가르치지 않아도

맨 돌도 잘 만지면 옥이 되고 금이 되니
경학에 잔뜩 취한 다산의 후예들이
모두 다 반열에 오르도록
키워낸 게 분명하지

213

다산사경茶山四景

1. 정석丁石

바위에 이목구비耳目口鼻가 새겨져 있는 것을
어디서 많이 뵌 분, 도대체 누구시더라
누구긴 누구겠는가
다산 어르신이지

2. 약천藥泉

물이 솟는 곳은 웬만하면 약천인데
약천은 약천이어도 딴 데 것과 다르지
슬픔을 치료하는 데
특허가 난 천泉인 것을

3. 다조茶竈

마당 한가운데 부뚜막을 다 두다니
연기보다 달아나라고 길이 사통팔달이나
더불어 달빛과 별빛

모시기에 안성맞춤이어

4. 연지석가산蓮池石假山

바로 저 연지석가산이 하늘과 내통하지
아무리 들여다봐도 연꽃이 안 보여야
연꽃은 마음에도 피니
눈 감으면 보일라나

눈 내리는 사의재四宜齋

누구에게 술 한 잔 돼 본 적 없는 내가
누구에게 밥 한 공기 돼 본 적 없는 내가
사의재 품에 안기어
눈발을 털어내니

외모가 나와 딴판인 흰옷 입은 선비가
한쪽 눈이 삼미인 상투 튼 선비가
방안에 꼿꼿이 앉아
헛기침을 하시어야

눈 내리는 앞마당이 엉거주춤하는 나에게
엎드려 절을 해라, 어서 빨리 절을 해라
갑자기 닦달을 하니
따를 수밖에

슬프다 해야 맞나, 서럽다 해야 맞나
슬프다보다 서럽다가 어울리는 내가
방안에 얼른 들어가
한 수 배워야지

슬픔과 전혀 다른 내 안의 서러움을
눈발을 털어내듯 털어낼 수 있나
눈앞의 흰옷 입은 선비가
일사이적 분명하지

폭설, 동암에서

하실 말이 많은 듯 사나흘 눈 내리니
백련사 가는 길이 가뭇없이 사라졌어
혜장은 밤의 한지에
무슨 꿈을 갈겼을까

폭설에 가위 눌린 눈 뒤집어 쓴 나무들의
신음소리 이따금 잠자리에 파고들어도
위안을 주지 못하는
나약한 마음이여

눈보라가 나의 뺨을 때리든 말든
눈보라가 나를 업신여기든 말든
무조건 방문 열고 나가
등성일 달래야지

기억을 더듬어서 사라진 길을 내리
눈 감고도 끝까지 찾아갈 수 있어야지
누군가, 헛기침 소리
혜장이 아니신가

* 동암東菴 : 다산초당에 딸린 건물로 다산이 거주하던 곳이다.

다산초당 가는 길

- 혜장惠臟

반쯤 열린 동백꽃에 뒤숭숭한 내 마음이
능엄경 매달려도, 반야심경 매달려도
마음은 매달린 만큼
짐이 불어나는 걸

이제 머지않아 동백꽃이 만개하면
그 많은 사연들을 어떻게 다 감당하나
사연도 가지각색이니
감당하기 쉽지 않아

슬프나 기쁘나 밀려왔다 밀려가는
구강포 앞바다를 가로막는 거나 다름없지
그대로 놔둘 수밖에
그게 바로 생인 것을

슬픔이라면 뉘가 난 다산이나 붙들고서
경학을 안주삼아 동백꽃 따돌려야지
기쁨도 번뇌인 내가
애락哀樂에서 벗어나게

백련사 가는 길

- 다산茶山

소쩍새 울음에 잠 한 숨 못 이뤘는데
혜장은 지난밤을 어떻게 다스렸나
마현의 두물머리가
베개 밑에 찰랑이니

유산에 소쩍새는 슬퍼도 구성지나
다산에 소쩍새는 슬픔을 덧나게 하니
구강포 강물소리를
이겨내고 마는 것을

일사이적의 내 슬픔을 누구에게 나눠주나
혜장에게 매달리면 처방이 나올라나
남에게 떠넘기기에
너무 격한 슬픔인데

내 자신의 슬픔을 감당하기 어렵다고
혜장에게 내색하여 부담스러우면 뭐가 되나
물러난 동백꽃들과
나누는 게 더 났지

* 유산酉山 : 다산 정약용의 고향 뒷산이다. 다산의 큰아들 학연의 호이기도
  하다.

백운동白雲洞

신선맛 맛보려면 백운동에 다녀와야지
비처럼 갔다가 안개처럼 돌아와야지
다산이 백운첩白雲帖에다
미련을 시로 남긴

초의의 백운동도白雲洞圖 하나하나 맞대보고
다산의 시 한 수 한 수 읊으면 좋으련만
백운첩, 내게 없으니
눈빛에 담아와야지

빠진 것 하나 없이 눈빛에 담아오면
백운도 없이도 재미 볼 수 있으나
다산의 백운동 시는
무엇으로 대체하나

백운동 어딘가에 잠복 아닌 잠복으로
별빛들이 동백숲과 나누는 이야기를
하나도 안 빠뜨리고
엿들을 수 있다면

신선맛 맛보려면 백운동에 다녀와야지
하룻밤 썩었다가 발효되어 와야지
안개가 다시 하늘로
오르는 걸 숨어 보며

---

* 백운동白雲洞 : 강진군 성전면 월하리의 마을로 이담로李聃老(1627~?)가
  가꾼 '백운동 정원'이 있다. 다산의 가장 나이 어린 제자인 이시헌李時憲
  (1803~1860)이 이담로의 6대손이다.

강심江心

— 동다기東茶記

강심을 만나러 백운동 가는 길에
들꽃들 짓밟을까 엉거주춤 걷는 나를
백운白雲이 내려다보며
이상하게 여기겠지

까닭을 모르면 그리 생각할 수밖에
이덕리李德履의 동다기를 다산茶山의 동다기로
모두가 알고 있듯이
그런 일이 무성하니

강심이 동다기란 걸 이제야 알았으나
강심이 동다기인 이유를 캐내야지
잠시도 멈추지 않는
강의 맘이 동다기라니

추측은 금물이나 강심을 어서 만나
자신이 동다기인 이유를 물어봐야지
적요한 찻물 한 잔이
강물인 이유를

* 강심江心 : 이덕리李德履의 동다기東茶記이다. 다산의 제자 중에 가장 어린
  이시헌을 5대조로 둔 강진군 성전면 안운부락 백운동의 이효천 선생이 소
  장하고 있다.

흑산도

내 마음의 사화를 감당치 못하고서
내 몸을 흑산도로 유배를 시켰지
바다는 낯선 사내를
멀뚱멀뚱 쳐다보고

미끼를 잘 매어도, 그물코 든든해도
마음의 근심은 포획하지 못하는 법
내 발로 들어섰으니
외로워도 말 못하지

사리沙里 앞바다에 일렁이는 슬픔을
잠재우려 투신하는 달빛이여, 별빛이여
내 몸에 솟구치는 슬픔은
왜 내버려 두는가

복성재에 똬리 튼 손암을 생각하면
지금의 내 슬픔은 사치인 게 분명하지
마음을 평정한 뒤에
내 몸을 해배하리

* 사리沙里 : 일명 '모래미'라고 한다. 손암이 유배되어 살던 마을이다.

흑산도 가는 길

1

앞바다 마중 나온 섬들을 뒤로하니
물이랑에 얼비치는 손암이여, 면암이여
그 옛날 바로 이 바다가
생의 멀미 받아냈지

한 어른은 시대의 불똥에 많이 데고
한 어른은 난세에 화를 자초하고
그 옛날 이 바다에서
무슨 생각 하였을까

2

신유사옥, 가까스로 목숨 건진 손암이
살아 돌아가지 못한 외로운 흑산도에
그 옛날 위정척사의
면암이 다녀갈 줄이야

복성재에 똬리 튼 손암의 발자취를
일신당의 면암이 이따금 밟아보았을까
지나온 생의 길은 달라도
배움은 끝이 없으니

신독愼獨

신독愼獨이란 말은 주인이 따로 없지
특허 낸 건 아니니 가져다 써도 되지
만일에 고금리라면
손도 대지 못하지만

흐트러진 마음이 겁도 없이 날뛸 때엔
신독을 고삐 삼아 마음을 달랬지
마음은 고삐가 없어
붙들기가 힘이 드니

마음에 고삐를 맬 생각을 다 하다니
스스로 생각해도 어처구니없는 일이지만
고삐를 매지 않고도
다스릴 수 있다면

신독愼獨이란 말은 빌려다 써도 되지
아무리 빌려가도 동이 나지 않으니
사용료 납부고지서
발행하지 않는 걸

* 신독愼獨 : 다산은 심경밀험心經密驗에서 신독에 대하여 다음과 같이 말하고 있다. "원래 신독이라는 말은 자기만이 혼자 아는 일에 삼가기를 극진히 한다는 것이며 자기만이 혼자 거처하는 곳에서 삼가는 것을 극진하게 한다는 말은 아니다. 항상 사람이 방에서 고요히 앉아 자신이 한 일을 묵묵히 생각해 보면 선악의 양심이 나타나게 된다."

명선茗禪

네 방에 둥지 틀고 한철을 보내면
명茗과 선禪이 하나이듯 뭔가를 얻어낼까
들어갈 문이 없는데
누울 생각 하다니

내 눈빛에 명선茗禪, 네가 취한 건지
명선茗禪, 네 눈빛에 내가 취한 건지
구분이 쉽지 않으니
모른 척할 수밖에

일로향실―爐香室, 죽로지실竹爐之室 둘 다 눈빛 줘도
네 방에 둥지 틀 생각을 한 것 보면
누구도 모르는 것이
너에게 있는 건가

초의를 붙든 것이 누구인지 모르나
나를 붙든 것은 두 글자에 불과하지
자세히 말하지 않아도
다 알아 들으면서

네 방에 똬리 틀그 한철을 보낸 뒤에
뒷짐 지고 나가면 그대로 보내줄래
생각은 거창하다만
단 한 끼도 못 참으니

세한도歲寒圖

－ 이상적李尙迪에게

1

기름기 밴 내 의식이
군살마저 빠지는데

해와 달이 몇 날이나
줄다리기를 해야 하나

무작정
기다린다고
해결될 일 아니지

2

마라도를 낳은
대정바다 만나도

밀려온 외로움이
물러서지 않더구나

차라리
묵향墨香에 빠져
헤매는 게 더 낫지

---

* 이상적李尙迪(1804~1865) : 조선 후기의 위항시인委巷詩人이다. 본관은 우
봉牛峰 자는 혜길惠吉, 호는 우선藕船이다. 역관 집안 출신으로 벼슬은 온
양군수를 거쳐 지중추부사에 이르렀다. 청나라 문인들과 교유하여 명성을
얻어 중국에서 시집을 내기도 했다. 문집으로 『은송당집恩誦堂集』이 있다.
헌종 때 교정역관으로 『통문관지通文館誌』, 『동문휘고同文彙考』, 『동문고략
同文考略』을 속간했다. 청나라 학자들과 주고받은 서신을 모은 『해린척소
海隣尺素』가 있다.

지장암指掌岩

모 아니면 토인 생을 살아온 면암이여
육로로 뱃길로 천촌리에 이르니
그대가 바위에 새긴
글자가 날 붙드네

여전히 살아있는 글자들의 가슴팍을
한 글자 한 글자 손으로 짚을 때에
가슴이 뭉클한 것은
그대 숨결 때문인가

나라를 구하려는 상소문이 오히려
그대를 흑산도에 위리천극 시키다니
목울대 뜨겁게 하는
목숨 건 병자지부소丙子持斧疏여

을사을사乙巳乙巳 이후라도 조선왕조 가슴에
기봉강산 홍무일월箕封江山洪武日月 그대의 글 새겼다
면
죽어도 치욕의 역사는

반복되지 않았으리

* 지장암指掌岩 : 천촌리 입구의 바위에 석공을 시켜 '기봉강산홍무일월箕封
江山洪武日月'이라 새기고, 바위 이름을 주자의 '위아중지장爲我重指掌'
이라는 시구에서 따서 지장암指掌岩이라 칭하였다.
* 면암勉菴(1833~1906) : 최익현의 호다. 본관은 경주로 1833년(순조 33) 경
기도 포천에서 동중추 대의 둘째 아들로 태어났다. 본명은 익현, 자는 찬겸
이다. 1855년(철종 6) 명경과에 급제하여 승문원 부정사로 벼슬을 시작한
뒤에 사간원 정언, 신창현감, 승정원 동부승지를 지냈다. 신미양요에서 승
리한 대원군이 그 위세를 몰아 서원의 철폐를 단행하자 그 시정을 건의하
였다. 그 상소를 계기로 대원군의 10년 집권이 무너지고 고종의 친정이 시
작되었다. 호조참판에 제수되어 누적된 시폐를 바로 잡으려 하였으나 권신
들은 그와는 반대로 대원군 하야를 부자이간의 행위로 규탄하였다. 이에
사호조참판겸진소회소辭戶曹參判兼陳所懷疏로 민씨 일족의 옹폐를 비난하
였는데 상소의 내용이 과격 방자하다는 이유로 3년 간 제주도에 유배되었
다. 해배된 뒤 1876년 일본과 맺은 강화도조약을 결사반대하기 위하여 오
불가척화의소五不可斥和義疏를 올리고 지부석고대죄持斧席藁待罪하여 흑
산도로 유배되었다.
* 병자지부소丙子持斧疏 : 일본과 맺은 병자수호조약을 결사반대하는 상소이
다.
* 기봉강산홍무일월箕封江山洪武日月 : 중국 고대 성인의 한 사람인 기자箕子
가 조선에 봉封해졌기에 우리나라 강산은 성인이 봉해진 강토이고, 명나라
의 태조 주원장의 연호가 홍무洪武이기에 명나라의 문물을 숭상하는 나라
이지 만주족인 청나라의 속국이 될 수 없다는 독립정신을 표방한 내용이다.

다산茶山, 외로움과 그리움의
적소謫所에서 태어난 시편들

이송희 (시인, 문학박사)

"양식 많은 집엔 자식이 귀하고

아들 많은 집엔 굶주림이 있으며,

높은 벼슬아치는 꼭 멍청하고

재주 있는 인재는 재주 펼 길 없으며,

집안에 완전한 복을 갖춘 집 드물고

지극한 도는 늘상 쇠퇴하기 마련이며,

아비가 절약하면 아들은 방탕하고

아내가 지혜로우면 남편은 바보이며,

보름달 뜨면 구름 자주 끼고

꽃이 활짝 피면 바람이 불어대지.

세상일이란 모두 이런 거야

나 홀로 웃는 까닭 아는 이 없을 걸"

- 다산 정약용의 시

1.

　김해인 시인의 이번 시집 『다산茶山』은 다산 정약용茶山丁若鏞 탄생 250주년이 되는 해라는 점에서 기념비적인 의미를 가질 뿐만 아니라. 다산의 실학사상과 다산이 살았던 당대의 사회를 반추함으로써 우리 현실을 돌아보려는 깊은 의도가 담겨 있다는 점에서 의미가 깊다. 18세기 실학사상을 집대성한 한국 최대의 실학자이며 개혁가로 기억되는 다산 정약용, 그의 사상과 유배지 생활을 단순히 보고하는 것으로 그치지 않는 이 시집은 우리가 그동안 간과해왔던 삶의 실존적 가치에 대해 돌아보게 한다. 김해인 시인의 다산에 대한 관심은, 다산이 1808년 다산초당으로 간 지 200년이 되는 해를 기리기 위하여 지난 2008년 봄에 출간한 시집, 『내 마음의 적소, 동암』에서도 드러난 바 있다.
　하나의 주제에 몰입하면 깊이 빠져들어 버리는 그의

239

시적 경향은 천체에 관한 시조를 묶은 『별들의 사원』, 역사에 관한 시들을 담은 『별들을 호린다고 저 달을 참수하면』, 야생화를 그린 『큰개불알풀』 등의 시집에 고스란히 담겨 있다. 어떤 일에 매달리면 끝장을 보고야 만다는 김해인 시인의 성격을 반영하듯, 이 시집 역시 토론토와 몬트리올의 낯선 이국땅을 여행하던 도중 갑작스럽게 떠오른 착상으로, 조선의 만성병을 치유하는 처방전이 다산의 『목민심서牧民心書』라는 생각에서 잉태한 결과물이다.

"늙은 사람 한 가지 즐거운 것은/ 붓 가는 대로 마음껏 써 버리는 일/ 어려운 운자韻字에 신경 안 쓰고/ 고치고 다듬느라 늙지도 않네/ 흥이 나면 당장에 글로 옮긴다/ 나는 본래 조선사람/ 즐겨 조선의 시詩를 지으리/ 그대들은 그대들 법 따르면 되지/ 이러쿵저러쿵 말 많은 자 누구인가/ 까다롭고 번거로운 그대들의 격格과 율律을/ 먼 곳의 우리들이 어떻게 알 수 있나" 정약용의 「노인일쾌사老人一快事」라는 시에서 짐작하듯, 그는 긴 유배생활의 한과 그리움을 글로 쏟아내며 마음의 응어리를 풀어냈으리라. 이 한 권의 시집에는 실학자로서 조선의 봉건적 폐단을 개혁하고자 했던 열정과 그가 남긴 업적, 유배지에서의 내면 풍경, 유유자적했던 모습들이 생생하게 묘사되고 있다.

　김해인 시인은 다산의 손위 형인 정약종, 정약전, 두 아들 정학연, 정학유를 차례로 만나고 손자 윤정기를 만나며, 다산의 자취를 밟고 또 밟는다. 다산의 일가친척을 찾아다니면서, 신유박해로 세상을 떠난 다산의 매형인 이승훈, 다산의 조카사위인 황사영, 이승훈의 외숙인 이가환도 만나면서, 천주교가 조선에 들어와 뿌리내리기까지 다산의 일가친척들이 이렇게 많이 순교했다는 것에 놀라움을 금할 수 없었다고 한다. 다산의 제자들을 비롯하여, 다산과 관련된 곳을 찾아다니면서도, 마치 숨바꼭질하듯 꼭꼭 숨어 있는 그들의 체취를 발견하지 못하는 건 술래인 자신의 능력부족이라고 말한다.

　이 외에도 이 시집에는 다산의 삶, 그 중심에 자리 잡고 있던 정조, 반계 유형원, 성호 이익을 만난 이야기, 백탑파의 연암 박지원, 아정 이덕무, 초정 박제가, 영재 유득공, 강산 이서구, 담헌 홍대용을 만나 그들의 이야기를 들은 이야기가 자연스럽게 오버랩 된다. 조선이란 봉건사회 속에서 자신의 의지와는 상관없이 다른 삶을 살아야 했던 이들의 아픔이 온몸에 묻어나는 듯 그려진다. 다산의 발자취를 밟는 김해인 시인의 뒤를 따라가며 유배지의 풍경과 다산이 살다간 길목에 새겨진 자서전을 읽어보기로 하자.

2.

주지하는 바와 같이, 다산 정약용은 전통 주자학의 범위를 뛰어넘어 성호 이익의 학풍과 서학에 관심을 가졌으며, 수원 화성 건축이나 과학, 의학 등 다방면에 걸쳐 폭넓은 지식을 가졌던 개혁사상가다. 봉건사회의 울타리를 뛰어넘어 신분차별 없이 누구나 자신의 능력을 발휘하는 세상을 꿈꾸지만, 자신을 아꼈던 정조가 사망하자, 노론의 공세에 휘말려 신유박해 때 참수된 셋째 형 정약종을 먼저 떠나보내고, 자신과 또 둘째형 정약전은 유배되는 비극에 처했다. 이후 다산은 18년 간의 강진 유배생활 속에서 500여권의 책을 집필함으로써 자신의 뜻을 크게 펼쳤다. 김해인 시인은 다산에 집착한 이유를 "내가 태어난 강진이 바로 다산의 유배지이기 때문"이라고 말한다. 마을 뒷산에 똬리를 틀고 어리광을 받아준 곳이 보은산방이며 이따금 찾아간 곳이 백련사와 다산초당이란다. 그는 권두시에서 다산에 대한 애정을 고백조로 드러낸다.

눈 감으면 두물머리가 잊지 마라, 잊지 마라
눈 뜨면 구강포가 잊어라, 잊어라
좌우간, 두 강江의 말을

거역하지 않는 길은

두물머리의 말을 따라야 맞는 건가
구강포의 말을 따라야 맞는 건가
둘이 다, 맞는 말이니
입장이 난처하지

잊고 싶을 땐 두 눈을 뜨고
잊고 싶지 않을 땐 두 눈을 감고
잊을 건 잊어버리고
잊지 않을 건 잊지 않고

무엇을 잊고 무엇을 잊지 않나
잊지 않으려 해도 이따금 잊혀지고
더불어 잊으려 해도
잊혀지지 않는 것을

짐작을 넘어서서 확실히 알았으나
조언을 들을 때마다 고개만 끄떡이지
상처가 덧나지 않게
에둘러 말들 하니

눈 감으면 두물머리가 잊지 마라, 잊지 마라

눈 뜨면 구강포가 잊어라, 잊어라

죽어도 두 강江의 말을

거역하지 말아야지

– 「서시 – 다산茶山」

경기도 광주시 초부면 마현에서 아버지 진주목사 정재원과 어머니 윤두서의 손녀 사이에서 태어난 다산은 신유박해 때 강진에 유배되어 그곳에서 제자들을 가르치며 성호 이익의 학문과 사상을 계승하여 조선 후기 실학을 집대성했다. 북한강과 남한강이 만나는 곳인 두물머리는 다산 정약용의 고향 앞을 흐르는 강이며, 구강포는 다산의 유배지인 강진의 포구다. 눈 감으면 두물머리는 잊지 마라하고, 눈 뜨면 구강포가 잊으라고 한다는 표현이 첫 수와 마지막 수에 대구로 놓이면서 강렬한 도입부를 이끈다. 화자는 이 두 강의 말에 밤낮을 뒤척이며 오늘까지 살아왔다. 두물머리의 말을 따라야 하는지, 구강포의 말을 따라야 하는 것인지 알 수 없어서 잊고 싶을 땐 두 눈을 뜨고, 잊고 싶지 않을 땐 두 눈을 감아 버린다. 두물머리는 다산이 떠나온 과거의 삶이며 구강포는 다산이 살았던 유배지라는 현재적 의

244

미의 삶이다. 삶은 잊어야 할 것과 잊지 말아야 할 것 사이에서의 갈등의 연속이다. 가끔 잊어야 할 것인데도 붙잡고 있는 경우도 있고 잊어서는 안 되는 것들을 잊어버리는 경우도 있지 않은가. 중요한 것은, 우리가 무엇을 잊고 무엇을 잊지 말아야 할지를 모른다는 사실이다. 첫 수와 마지막 수를 수미상관으로 반복하면서 두물머리와 구강포의 말을 죽어도 "거역하지 말아야지"라고 말한 화자의 다짐은 이미 다산의 정신이 온몸 깊이 뿌리내려 있음을 증명한다.

"겨울 내를 건너듯이/ 세상을 건너면서// 이웃을 두려워하듯이/ 세상을 두려워하면서// 일가를 이룰 줄이야/ 한 세상을 뒤흔드는."(「여유당전서與猶堂全書 - 다산茶山」) 다산의 문집 『여유당전서與猶堂全書』에 실려 있는 글을 보며 시인은 "잠시도 생각의 고삐를/ 놓지 않고" 낱낱이 다산이 써 내려간 행간의 숨결을 기록한다. "겨울 내를 건너듯이 세상을 건너면서/ 이웃을 두려워하듯이 세상을 두려워하면서/ 일가를" 이루고 "한세상을 누"렸던 그를 생각하며 자신의 마음 깊은 곳에 들어앉은 다산을 떠올려 보는 것이다. 「기민시飢民詩」를 통해서도 시인은 백성들을 염려하는 다산의 따뜻한 마음을 되새긴다. 「기민시飢民詩」는 다산의 유배지인 포항 장기면에 가뭄이 들어 백성들이 굶주리는 모습을 보고 쓴

시인데, 시인은 다산의 이러한 정신을 "임금이 문무백
관이 백성과 함께하면/ 너그러운 목민관이 백성과 함
께하면/ 가뭄도 촉을 못 쓰지/ 백성의 맘 샀기에"라고
노래하며 그의 뜻을 전한다.

바랠수록 좋은 것이 세상에 있다니
하피첩霞帔帖 네 이름에 오금이 저렸는데
압수를 당한 몸으로
얼굴을 내밀다니

마재의 하늘, 땅이 치마폭에 담겨와
귤동의 하늘, 땅과 정신없이 몸 섞었지
네 몸이 태어난 것은
당연한 일이라고

무언의 연서랄까 아내의 치마폭이
이탈을 막아내려 먼 길을 달려왔나
아무리 사대부라도
사람의 일이거니

두 아들과 딸에게 가계첩으로 매조도로

빛바랜 치마폭이 다시 몸 바뀐 건

가족이 아니었다면

버틸 이유, 없다는 거

바랠수록 좋았기에 이런 운명 맞이했나

너보다 진한 사연, 눈 씻고 봐도 없지

시간이 담금질하면

못 풀 게 하나 없어

— 「하피첩霞帔帖」

하피첩霞帔帖은 다산이 유배지인 강진에서, 아내가 보내온 여섯 폭 치마를 잘라 마름질하여 만들었다. '하피'란 다산 부인 홍씨가 시집 올 때 입고 온 노을 치마로, 현재는 부산 저축은행 사건으로 압수된 상태다. 시인은 '하피첩'만 떠올리면 오금이 저리던 기억과 압수를 당한 몸으로 얼굴을 내미는 오늘의 '하피첩'을 오버랩시키며 안타까움을 드러낸다. "바랠수록 좋은 것이 세상에 있"다면, 그것은 '하피첩'이 아니었을까. 이 시는 소중한 의미가 왜곡되어 오늘날 압수 상태가 되어버린 '하피첩'에 대한 안타까운 심정, 그리고 '하피첩'을 통해 생명의 본질에 대한 신비와 경이를 동시에 드러낸다. "마재의 하늘, 땅이 치마폭에 담겨와/ 굴동의 하늘, 땅과 정신없이 몸 섞었지/ 네 몸이 태어난 것은/ 당연한 일이라고” 노래한 부분에서 우리는 생명의 근원지인 하늘과 땅에 인간의 순수한 욕망이 꿈틀거렸던 그 순간을 떠올린다. 그리고 순수한 열망과 사랑이 황금자본주의 논리에 의해 퇴색되어 가는 요즘의 현실에 대한 반성을 이끌어낸다. “이탈을 막아내려 먼 길을 달려왔”던 아내 모습을 떠올리던 ‘하피첩’의 의미가 왜곡되어 버린 현실, “너보다 진한 사연, 눈 씻고 봐도 없”는 지금 이 순간을 안타까워한다.

유배시절에 가족을 그리며 썼다는 정약용의 시가 떠오른다. “네 모습은 타서 숯처럼 검으니/ 다시는 옛날의 귀여운 얼굴 없네/ 반짝 보이던 귀여운 얼굴 기억하기 어려우니/ 우물 바닥에서 본 별빛 같아라/ 네 혼은 눈처럼 깨끗해/ 날고 날아 구름 가운데로 들어가네/ 구름 사이는 천리만리/ 부모는 눈물이 줄줄 흐르는구나.” 가족에 대한 애틋한 그리움의 정서가 녹아내린 이 시에는 시간과 공간의 제약으로 인해서 과거의 기억들이 단절됨으로써 많은 것들을 앗아간 유배생활에 대한 쓸쓸함을 느낄 수 있다.

한편, 시인은 「조승문弔蠅文」이란 시를 통해 다산 정약용이 파리를 조문한 것을 해학적으로 묘사한다. ‘파리’라는 미물을 통해 잘못 없이 유배되거나 죽어간 사람들의 영혼을 생각하게 한다. "잘못한 게 뭐가 있어 그리 싹싹 빌었느냐/ 용서할 일 하나 없고 이해할 일 많은 것을/ 파리야, 굶어 죽은 이가/ 너로 다시 태어났지"라는 시에서 용서할 일보다는 이해할 일이 오히려 많은 세상사를 깨닫는 다산의 아픔이 드러난다. 그러나 또 마지막 수에서 시인은 "용서할 일 하나 없고, 받을 일만 있는 것을"이라고 말한다. 파리에게 다음 생에는 굶지 않는 사람으로 태어나라는 말을 남기고 파리를 조문하는 다산의 모습은, 용서해야 할 것과 빌어야 할 것이 무엇인지도 모른 채 살고 있는 위정자들의 횡포와 우리의 무지無知를 반성하게 한다.

그대가 이 세상에 얼굴을 내미는데
한몫을 한 것이 한두 가지 아니다만
하늘은 뭔가를 위해
이해 못 할 일을 하지

황사영의 백서가 들통 나지 않았다면
조선이란 물길은 다른 데로 났겠지
만일에 그랬더라면
네 모습이 달랐겠지

그대가 이 세상에 큰 뜻을 펼치려고
그대가 이 세상에 큰 틀을 세우려고
그대는 일사이적一死二謫의
절망에 가위눌렸지

적소의 하늘, 땅이 거들지 않았다면
조선의 만성병을 치유하는 처방전인
그대가 태어나리라
생각이나 했겠는가

백성들의 상처를 치유하는 처방전인
그대와 피를 나눈 경세유표, 흠흠신서
모두 다 애절양인 강진에서
잉태한 게 분명하지

그대가 이 세상에 큰 울음 토하는데
뒷바라지한 것이 한두 가지 아니다만
하늘은 큰일을 위해
생각 못 할 일을 하지

— 「목민심서牧民心書」

당시 조선의 새로운 지식인이었던 정약용이 쓴『목민심서』는 강진 유배지에서 날로 피폐해져가는 농촌현실을 목격하고, 조선사회를 근본적으로 개혁할 수 있는 방안을 모색하기 위해 쓴 저서 중 대표적인 작품이다. 정약용은 이 책을 통해서 고금의 다양한 본보기를 찾아내어 올바른 목민관의 지침을 제시하고 있는데, 시인은 이러한 다산의 정신을 시로 옮겨왔다. 새로운 시대의 조류를 누구보다 빨리 읽어내고 이를 바탕으로 조선을 변화시키고자 했던 당대의 지식인들이 물질주의에 휩싸인 오늘의 현실과 마주친다. "그대가 이 세상에 얼굴을 내미는데/ 한몫을 한 것이 한두 가지 아니"다. "황사영의 백서가 들통 나지 않았다면/ 조선이란 물길은 다른 데로 났겠지/ 단일에 그랬더라면/ 네 모습이 달랐겠지"하며 목민심서를 쓰게 된 시대상황적 배경과 사상적 기반을 이야기한다. "적소의 하늘, 땅이 거들지 않았다면/ 조선의 만성병을 치유하는 처방전"인「목민심서」가 등장하지 않았을 것이다. 결국 시인은 다산이 유배생활을 했던 강진이 바르 백성들의 상처를 치유하는 처방전이 만들어진 곳이며,『목민심서』가 태어나 첫 울음을 터뜨렸던 곳이라는 의미를 전한다.

다산의 주역해설서 24권을 노래한「주역사전周易四箋」에서도 알 수 있듯이, 다산은 "주역이란 짐승을 내

안에 붙드는데/ 주역이란 짐승이 내 몸에 둥지 트는데/ 하늘이 함께했다면/ 믿을 사람 몇일까"를 묻고 또 묻는다. "지금은 배운 것을 복습할 게 아니라/ 지금은 배운 것을 실습해야 되는 거지"(「논어고금주論語古今註」)하며 "주자의 생각과 내 생각이 다른 것은/ 의식의 지향성이 다르기 때문이"라고 말한다. "자기만 옳다는 생각은/ 나부터 버려야하는데" 반성하며, "시대를 달리하고 장소를 달리하면/ 생각도 달라지고 먹는 것도 달라지지"라고 생각한다. 시대가 달라지면 시대에 맞게 사는 것이 진리라고 말하는 다산의 사상은 구시대적 인습을 버리지 못하고 도탄에 빠진 백성을 돌아보지 않고, 권력의 힘을 함부로 휘두르는 이들에 대한 지탄의 몸짓을 대변한다.

하실 말이 많은 듯 사나흘 눈 내리니
백련사 가는 길이 가뭇없이 사라졌어
혜장은 밤의 한지에
무슨 꿈을 갈겼을까

폭설에 가위 눌린 눈 뒤집어 쓴 나무들의
신음소리 이따금 잠자리에 파고들어도
위안을 주지 못하는

나약한 마음이여

눈보라가 나의 뺨을 때리든 말든
눈보라가 나를 업신여기든 말든
무조건 방문 열고 나가
등성일 달래야지

기억을 더듬어서 사라진 길을 내리
눈 감고도 끝까지 찾아갈 수 있어야지
누군가, 헛기침 소리
혜장이 아니신가

－「폭설, 동암에서」

　이 시는 폭설이 내린 동암의 풍경을 내면으로 끌어들인 시다. 동암은 다산초당에 딸린 건물로 다산이 거주하던 곳이다. 눈이 내려 백련사 가는 길이 가뭇없이 사라지자, "혜장은 밤의 한지에/ 무슨 꿈을 갈겼을까" 생각한다. 폭설은 소리 없이 내리지만 무게에 그 가벼운 눈에 짓눌린 나무들의 어깨는 흰다. 나무의 "신음소리 이따금 잠자리에 파고들어도" 아무 "위안도 주지 못하는/ 나약한 마음"을 탓한다. "눈보라가 나의 뺨을 때리든 말든/ 눈보라가 나를 업신여기든 말든/ 무조건 방문 열고 나가/ 등성일 달래야”할 텐데, 그렇게 하지 못한 자신이 원망스럽기만 하다. 여기서 ‘폭설’이 조선의 봉건 제도와 보수적인 위정자들을 상징하는 것이라면, 가지가 휜 나무들과 눈에 덮인 자연물들은 박해받는 진보주의자들과 연약한 백성들이 아니겠는가. 다산은 폭설이 내린 모습을 보면서 조선의 현실을 읽어냈을 것이다. 자신의 사상과 반대되는 이를 탄압하고 숙청하던 조선 현실에 대한 알레고리가 묻어난 시다. 이 시는 우리에게 “기억을 더듬어서 사라진 길을 내리/ 눈 감고도 끝까지 찾아갈 수 있어야”라는 구절을 통해 우리가 계승해야할 다산의 정신이 무엇인지를 깨닫게 하는 듯하다.

유배지의 삶은 “반쯤 열린 동백꽃에 뒤숭숭한 내 마음이/ 능엄경 매달려도, 반야심경 매달려도/ 마음은 매달린 만큼/ 짐이 불어”(「다산초당 가는 길 — 혜장惠臟」) 난다. “누군가 찾아오면 무엇으로 맞이하나/ 누군가 돌아가면 무얼 쥐어 보내나”, “지닌 게 별로 없으니/ 내 마음이 편할 리가”(「죽란시사竹欄詩社」) 없다. 김해인 시인의 이 시집을 읽다보면, 쓸쓸하고 고즈넉한 밤이 또 저물고, 그리움은 “우물 바닥에서 본 별빛”처럼 새록새록 돋아난다.

소쩍새 울음에 잠 한 숨 못 이뤘는데

혜장은 지난밤을 어떻게 다스렸나

마현의 두물머리가

베개 밑에 찰랑이니

유산에 소쩍새는 슬퍼도 구성지나

다산에 소쩍새는 슬픔을 덧나게 하니

구강포 강물소리를

이겨내고 마는 것을

일사이적一死二謫의 내 슬픔을 누구에게 나눠주나

혜장에게 매달리면 처방이 나올라나

남에게 떠넘기기에

너무 격한 슬픔인데

내 자신의 슬픔을 감당하기 어렵다고

혜장에게 내색하여 부담스러우면 뭐가 되나

물러난 동백꽃들과

나누는 게 더 났지

― 「백련사 가는 길 ―다산茶山」

백련사 가는 길목에서 화자는 "소쩍새 울음에 잠 한 숨 못 이"룬 밤들을 꺼내며 혜장의 지난밤의 안부를 묻는다. "마현의 두물머리"가 베개 밑에서 찰랑거리는 소리 때문에 화자는 제대로 잠을 이루지 못했다. 다산의 고향 뒷산이라는 '유산'에서 들리는 소쩍새의 울음소리는 슬퍼도 구성졌다. 그러나 반면 다산의 소쩍새는 슬픔을 덧나게 했다. 외롭고 슬펐던 유배지의 풍경을 "혜장에게 매달리면 처방이 나올"까 생각한다. "남에게 떠맡기기에" 너무 격한 슬픔을 지녔기에 이토록 떨어내는 일도 쉽지 않은 것이다. 그러다가도 "혜장에게 내색하여 부담스러우면 뭐가 되나" 싶어 "사라진 동백꽃들"과 슬픔을 나누는 것이 차라리 더 낫겠다고 생각하는 화자. 오늘도 백련사 동백 숲을 거닐며 그는 수많은 잎과 꽃들과 슬픔을 나누고 있을 것이다. 이 긴 그리움을 쓸어내리며 그는 멀리서 '유배지에서 보낸 편지'를 썼으리라.

"사도세자가 뒤주에서 생을 마감하였"던 것처럼 다산 역시, "가슴에 널린 슬픔 무엇으로 쓸어내나", "권좌에 진수성찬도/ 아무 맛이"(「정조正祖 – 어수지계魚水之契」) 없다. 덧나는 슬픔을 "사라진 동백꽃들"과 나누겠다던 다산의 마음속에서는 "슬픔을 몰아낼 겨를"이 없

었으리라. "슬픔과 위기에서 벗어나는 길"을 찾아 백련
사 동백숲길을 하염없이 떠도는 그의 자취를 따라간다.
"슬픔의 허리띠를 단단히 매"야 한다. "삶이라는 바지
가 흘러내리지 않게". "누구도/ 나의 슬픔을/ 대신할 수
없으니"(「다산茶山」) 말이다. "슬픔이/ 한 몸인 것이/ 오
히려 편"한 밤의 시간만이 역설적이게도 다산을 위로
해 주던 어둠의 평등한 모습이었을 것이다.

　　주님의 말씀을 전하는 사람들도
　　결국은 죽음 앞에 꺾이고 마는 것을
　　죽음도 불사하다니
　　뭐라 배웠기에

　　저 산 밑에 백합이, 빛나는 새벽별이
　　뭐라 가르쳤기에 죽음마저 받아들였나
　　정약종, 아우구스티노
　　믿음의 대명사여

　　두 아들도 아내도 동정녀인 딸도
　　먼저 간 그대 뒤를 기필코 좇아가다니
　　이보다 진한 슬픔을

맛 본 사람 누가 있나

주님의 모습을 본 것이 분명하지
주님의 음성을 들은 것이 분명하지 의심이 걷힌 뒤
에도
죽음 앞에 꺾이거늘

주님을 믿는지, 주님을 안 믿는지
살아생전의 행동이 빠짐없이 말하는데
죽음도 불사하다니
뭘 보고, 뭘 들었기에

—「주교요지主教要旨 — 아우구스티노 정약종」

이 시는 천주교 신자들이 박해 받고, 순교했던 당시
의 상황을 그린 것이다. 정약종은 정약용의 셋째 형으
로 가톨릭 신자였다. 1795년 이승훈과 함께 청나라 신
부 주문모를 맞아들이고 한국 최초의 조선 천주교 회장
을 지내며, 신유박해 때 서소문 밖에서 순교한 인물인
데, 아우구스티노는 정약종의 세례명이다. "저 산 밑에
백합이 빛나는 새벽별이/ 뭐라 가르쳤기에 죽음마저
받아들였나" 생각하며 믿음의 대명사인 정약종을 떠올
리는 시인. "이보다 진한 슬픔을/ 맛 본 사람"은 아마도

없을 것이라고 그는 단정하면서, 오로지 '주님'에 대한 믿음으로 "죽음도 불사"한 순교자들의 비장한 삶을 형상화한다. 천주교를 "뜬금없는 그대"로 표현하며 그대가 "조선에 잠입하여/ 몇 사람이나 살리고 몇 사람이나 죽였"(「천주실의天主實義」)을까 되새긴다. 『천주실의』는 이탈리아 수도사인 마테오리치가 중국에서 펴낸 가톨릭 교리서인데, 동북아시아에 가톨릭 신앙과 서구 윤리 사상을 유포하는 데 크게 기여했던 책의 의미를 김해인 시인이 시로 형상화하여 순교자들의 삶을 생생하게 그려냈다. 또한 「만천蔓川 −베드로 이승훈」이라는 시를 통해 조선 최초의 세례자인 이승훈의 짧은 생을 형상화하기도 했다.

이처럼 김해인 시인은 다산 정약용의 뒤를 꼼꼼하게 따라가며, 그 삶의 자서를 읽고 또 읽는다. "봄바람 불자 푸른 풀이 파릇파릇/ 꽃과 버들도 그냥 옛날과 같으오나/ 다만 적막한 내 삶이야 봄이 오니 더 심한데/ 차가운 연기에 쇠락한 농가 낮이 길기만"하다는 다산의 시구가 동백 숲을 적신다. 일사이적一死二謫의 쓰라린 마음을 위민정신爲民精神으로 승화시켰던 다산의 값진 시간들이 고스란히 묻어난 시다.

공자의 말처럼 "시란 뜻志이 향해 가는 바라, 마음 안에 있으면 뜻이 되고 말로 나타내면 시"가 되는 것이다. 다산은 "붓가는 대로 마음껏 써 버리는 일"로 마음의 외로움을 추스르고 세상에 펴지 못한 뜻을 시로 노래하고 책으로 묶은 것이다. "앞바다 마중 나온 섬들을 뒤로하"며 "지나온 생의 길은 달라도/ 배움은 끝이 없"(「흑산도 가는 길」)는 것이다. 그는 외로움과 쓸쓸함에게서 배운 것들을 꼼꼼하게 기록하여 500여권의 저작 속에 함께 묻어두었다. "내 마음의 사화를 감당치 못하고서/ 내 몸을 흑산도로 유배를 시켰"(「흑산도」)던 그 순간을 인식하면서부터 그는 어쩌면 자신에게 온 슬픔과 외로움을 자연스럽게 받아들이며 공생共生하고 있었던 것은 아닐까.

김해인 시인은 다산에 관한 다수의 시편들을 통해 개혁을 꿈꿔왔던 삶이 수포로 돌아가고, 유배를 떠났던 다산의 사상을 기억하고, 그가 자연을 끌어안으면서 극복해가는 방법을 생생하게 기록한다. "사람이 살면서 허물이 없으면/ 동헌東軒 마당 끌려가도 두려울 게 없으나/ 털어서 먼지 안 나는 생/ 어디 있단 말인가."(「흠흠신서欽欽新書」)에서도 탄압받아야 했던 힘없는 백성들의 아픔이 느껴진다. 잘못 없이 억울하게 잡혀간 백성들이 고문에 허위자백해야 했던 경우는 얼마나 많았을까. 곤장에는 장사가 없다고 하지 않던가.『흠흠신서』는 다산이 형사사건을 다루는 관리들을 계몽하기 위해 1819년에 완성한 형법서다. 이것은 강진 유배지에서 다 완성하지 못하고 해배解配된 뒤에 고향에 돌아와 완성한 것이다. 털어서 먼지 안 나는 사람이 어디 있겠는가. 산다는 것은 늘 먼지를 뒤집어쓰고 먼지 속에서 삶의 행로를 잃고 또 찾고 가는 것이 아닐까. 다산의 힘겨웠을 삶을 떠올리며 다산의 자취를 따라 곳곳을 돌고, 그들과 만났을 김해인 시인의 땀과 노고가 절실히 느껴진다.

김해인 시인

본명 김재석. 1955년 전남 강진에서 태어나 1982년 전남대학교 영문과를 졸업하고 2002년 목포대학교 국문과 박사과정을 수료했다. 1990년 『세계의 문학』에 시로 등단했으며 2008년 유심신인문학상 시조부문(필명 김해인)에 당선했다. 시집으로 『까마귀』, 『샤롯데모텔에서 달과 자고 싶다』, 『기념사진』, 『헤밍웨이』, 『달에게 보내는 연서』, 『목포자연사박물관』, 『백련사 앞마당의 백일홍을』, 『강진』, 번역서로 『즐거운 생태학 교실』, 시조집으로 『내 마음의 적소, 동암』, 『이화』, 『별들의 사원』, 『별들을 흐린다고 저 달을 참수하면』, 『고장난 뻐꾸기』, 『큰개불알풀』이 있다. 현재 목포 마리아회 고등학교 영어교사로 재직 중이다.

e-mail｜crow4u@hanmail.net

다산

초판1쇄 찍은 날 | 2012년 1월   31일
초판1쇄 펴낸 날 | 2012년 2월   5일

지은이 | 김해인
펴낸이 | 송광룡
펴낸곳 | 문학들
등록 | 2005년 8월 24일 제2005 1-2호
주소 | 501-841 광주광역시 동구 학동 81-29번지 2층
전화 | 062-651-6968
팩스 | 062-651-9690
전자우편 | munhakdle@hanmail.net

ⓒ 김해인 2012
ISBN 978-89-92680-57-8 03810